亿万宇宙

刘慈欣 刘洋 等 著

BILLIONS UNIVERSES

北京理工大学出版社
BEIJING INSTITUTE OF TECHNOLOGY PRESS

科幻硬阅读第二季
——我们每个人都是星辰

当小鲜肉、流量明星、鸡汤文和小清新大行其道,当坚硬强悍磊落豪雄变成小众,拼爹、晒富、割韭菜成为常态,当群氓乱舞中理性精神和至性深情被某些人弃如敝屣——我们是否可以反其道而行,暂离尘嚣,将目光投向自己的梦与理想,投向诗与远方,投向地球之外的星辰大海?

美国著名天文学家、天体物理学家卡尔·萨根曾说:"我们DNA里的氮元素,牙齿里的钙元素,还有我们吃掉的食物里的碳元素,都是宇宙大爆炸时千万星辰散落后组成的,所以我们每个人都是星辰。"

我们来自浩瀚宇宙,来自奇点大爆炸时的璀璨瞬间——我们每个人都是宇宙中极其微小的一部分,包括我们所生活的地球,以及地球上每时每刻正在发生的战争、瘟疫、政变、尔虞我诈勾心斗角……放在宇宙尺度上,都是小的近于无的微末存在。

也许,正因为人类逐渐意识到了自己的渺小,逐渐认清了自己在宇宙中所处的位置，才开始认真思考人类之于宇宙的价值和意义。于是，一种叫做科幻文学的艺术品诞生了。

它自诞生伊始，便展现出一种向高远、向未来的鲜活生机。它是尊重科学的，是基于科学的一种思考、推衍和设定；但同时它又是文学的，拥有自身的血脉和灵魂——它绝不是对科学的拙劣模仿和枯燥演示。

科幻不是目的，思考才是根本。所以这套书里除了传统意义上的硬核科幻，还会有其他一些提神醒脑类作品，希望它们能给读者朋友带来一丝极致的阅读体验——极致的思考或震撼、极致的美丽与忧愁、极致的愉悦和放松……不求完美，但求在某方面达到极致——极致，便是"科幻硬阅读"的注脚。

但这种"硬"绝不应该是艰深晦涩，故作深沉！

好看的作品通常都是柔软而流动的，如水，亦似爱人或者时光，默默陪伴，于悄无声息间渗透血脉、融入心魂，让我们在一条注定是一去不返的人生路上，逐渐、逐渐，获得一分坚强和硬度！

愿所有可爱而有趣的灵魂，脚踩大地，仰望星辰，追逐梦想。

——小威

科幻硬阅读，不求完美，追逐极致。

献给那些聪明的头脑和有趣的灵魂。

目录

001 | 时间移民
　　　结束之后的开始 / 刘慈欣

027 | 亿万宇宙
　　　三根管子 / 喀拉昆仑

171 | 博物馆 2077
　　　仿生人之殇 / 曲奇

195 | 天子
　　　思想实验 / 欧阳广聪

257 | 这一切的开始
　　　地球的诞生 / 异议

279 | 小林村拆迁事件
　　　贫血症引发的轻物质谜团 / 刘洋

独立思考，个性书写，充分表达，
拥有独属于自己的风格和调性。

时间移民

结束之后的开始

文 / 刘慈欣

前不见古人

后不见来者

念天地之悠悠

独怆然而涕下

—— 题记

移民——告全民书

迫于环境和人口所带来的已无法承受的压力,政府决定进行时间移民,首批移民人数为8 000万,移民距离为120年。

要走的只剩下大使一个人了。他脚下的大地是空的,那是一个巨大的冷库,里面冷冻着 40 万人。在这个世界的其他地方,还有 200 个这样的冷库,其实它们更像 —— 大使打了一个寒战 —— 坟墓。

桦不同他走,她完全符合移民条件,并拿到了让人羡慕的移民卡。但与那些向往未来新生活的人不同,她认为现世和现实是最值得留恋的。她留下了,让大使一个人走向 120 年之后的未来。

一小时之后,大使走了,接近绝对零度的液氦淹没了他,凝固了他的生命。他率领着这个时代的 8 000 万人,沿着时间踏上了逃荒之路。

跋涉

无知觉中,时光流逝,太阳如流星般划过长空。出生、爱情、死亡、狂喜、悲伤、失落、追求、奋斗、失败,一切的一切,如迎面而来的列车,在外部世界中呼啸着掠过……

……10 年……20 年……40 年……60 年……80 年……100 年……120 年。

第一站：黑色时代

绝对零度下的超睡中，意识随机体凝固，完全感觉不到时间的存在，以至于大使醒来时，以为是低温系统出现了故障，出发后不久临时解冻的。但对面原子钟巨大的等离子显示器告诉他，120年过去了，一个半人生过去了，他们已是时代的流放者。

100人的先遣队在一星期前醒来并主动与这个时代取得了联系。队长这时站在大使旁边，大使的体力还没有恢复到能说话的程度，在他探询的目光下，先遣队长摇摇头，苦笑了一下。

国家元首在冷冻室大厅里迎接他们。他看上去是一个饱经风霜的人，同他一起来的人也一样。在120年之后，这很奇怪。大使把自己时代政府的信交给他，并转达自己时代人民对未来的问候。元首没说太多的话，只是紧紧握住大使的手。元首的手同他的脸一样粗糙，使大使感到一切的变化并不像他想象的那么大，他有一种温暖的感觉。

但这种感觉在走出冷冻室后立刻消失了。外面是黑色的：黑色的大地、黑色的树林、黑色的河流、黑色的流云。他们乘坐的悬浮车吹起了黑色的尘土。路上向反方向行驶的坦克纵队像一排行驶的黑块，空中低低掠过的直升机群也像一群黑色的幽灵，特别是现在的直升机听不到一点声音。一切像被天火遍烧了一样。他们驶过了一个大坑，那坑太大了，像大使时代的露天煤矿。

"弹坑。"元首说。

"……弹坑？"大使没说出那个骇人的字。

"是的，这颗当量大约 15 000 吨级。"元首淡淡地说，苦难对他已是淡淡的了。

在两个时代的会面中，空气凝固了。

"战争什么时候开始的？"

"这次是两年前。"

"这次？"

"你们走后发生过数次。"

接着元首避开了这个话题。他不像是 120 年后的晚辈，倒像是大使时代的长辈，这样的长辈会出现在那个时代的工地和农场里，用自己宽阔的胸怀包容一切苦难，不让一点溢出。"我们将接收所有的移民，并且保证他们在和平环境中生活。"

"这可能吗，在现在这种情况下？"大使的一个随员问道，他本人则沉默着。

"这届政府和全体人民将不惜一切代价做到这点，这是责任。"元首说，"当然，移民还要努力适应这个时代，这有些困难，120 年来变化很大。"

"有什么变化？"大使说，"一样的没有理智，一样的战争，一样的屠杀……"

"您只看到了表面。"一位穿迷彩服的将军说，"以战争为例，现在两个国家这样交战：首先公布自己各类战术和战略武器的数量和型号，根据双方各种武器的对毁率，计算机可以给出战争的结果。武器是纯威慑性质的，从来不会动用。战争就是计算机中数学模型的演算，以结果决定战争的胜负。"

"如何知道对毁率呢？"

"有一个国际武器试验组织，他们就像你们时代的……国际贸易组织。"

"战争已经像经济一样正规和有序了。"

"战争就是经济。"

大使看了一眼车窗外的黑色世界："但现在，世界好像不仅仅在演算。"

元首用深沉的目光看着大使："算过了，但我们不相信数学模型的结果真能决定胜败。"

"所以我们发起了像你们那样的战争，流血的战争，'真'的战争！"将军说。

"我们现在去首都，研究一下移民解冻的问题。"元首再次避开了这个话题。

"返回。"大使说。

"什么？！"

"返回。你们已无法承受更多的负担了，这个时代不适合移民，我们再向前走一段吧！"

悬浮车返回了一号冷冻室。告别前，元首递给了大使一本精装书，"这120年的编年史。"他说。

这时，一位政府官员带来一位123岁的老人，他是现在能找到的唯一一位与移民同时代生活过的人，老人坚持要见见大使。"好多的事，你们走后，好多的事啊！"老人拿出两个碗，大使的时代的碗，又给碗里满上了酒，"我的父母是移民，这酒是我3岁时他们走前留给我的，让我存到他们解冻时喝。我见不到他们了！我也是你们见到的最后一个同时代的人了。"

喝了酒后，大使望着老人平静而干涸的双眼，正猜想这个时代的人似乎已不会流泪了，老人的眼泪却流了下来。他跪了下来，抓住大使的双手。

"前辈保重，西出阳关无故人啊！"

大使在被液氦的超低温凝固之前，桦突然出现在他那残存的意识中，他看到她站在秋日的落叶上，后来落叶变黑，出现了一块墓碑，那是她的墓碑吗？

跋涉

无知觉中,太阳如流星般划过长空,时光在外部世界飞速掠过……

……120 年……130 年……150 年……180 年……200 年……250 年……300 年……350 年……400 年……500 年……600 年。

第二站:大厅时代

"怎么这么久才叫醒我?!"大使吃惊地看着原子钟。

"先遣队已以百年为间隔醒来并出动了 5 次,最长我们曾在一个时代生活了 10 年,但每次都无法实现移民,所以没有唤醒您,这个原则是您自己确定的。"先遣队长说。大使这才发现他比上次见面老了许多。

"又遇到战争了?"

"没有,战争永远消失了。前三个时代生态环境继续恶化,直到二百年前才开始好转,但后两个时代均拒绝接收移民。这个时代同意接收,最后需要您和委员会来决定。"

冷冻室大厅里没有人。在巨大的密封门隆隆开启时,先遣队长低声对大使说:"变化远远超出您的想象,要有精神准备。"

大使踏进这个时代的第一步,脚下响起了一阵乐声,梦幻般,像过去时代的风铃声。他低头,看到自己踏在水晶状的地面上,水晶的深处有彩色的光影在变幻,水晶看上去十分坚硬,踏上去却像地毯般柔软。踏到的位置响起那风铃般的乐声,同时有一圈圈同心的彩色光环以踏点为中心扩散开来,如同踏在平静的水面上激起的水波。大使抬头望去,发现目力所及之处,整个平原都是水晶状了。

"全球所有的陆地都铺上了这种材料,以至于整个世界都像人造的一样。"先遣队长说,看着大使惊愕的目光,他笑了,好像说:这才是吃惊的开始呢!大使又注意到自己在水晶地面上的影子,有好几个,以他为中心向四面散开。他抬起头来……

六个太阳。

"现在是深夜,但二百年前就没有夜晚了。您看到的是同步轨道上的六个反射镜把阳光反射到地球夜晚的一面,每个镜面有几百平方千米的面积。"

"山呢?"大使发现,地平线上连绵的群山不见了,大地与蓝天的相接处如尺子画出的一般平直。

"没有山了，全被平掉了，全球各大洲都是这样的平原。"

"为什么？！"

"不知道。"

大使觉得那六个太阳如同大厅里的六盏灯。大厅！对了，他有了一个朦胧的感觉。进一步，他发现这是一个干净得出奇的时代，整个世界没有尘土，令人难以置信的，一点都没有。大地如同一个巨大的桌面一样干净。天空同样一尘不染，呈干净的纯蓝色，但由于六个太阳的存在，天空已失去了过去时代的那种广阔和深邃，像大厅的拱顶。大厅！他的感觉更确定了，整个世界变成了一个大厅！铺着柔软的发出风铃声的水晶地毯，有着六个吊灯的大厅！这是个精致的、干净的时代，同上次的黑色时代形成鲜明对比。以后的移民编年史中，他们把它叫大厅时代。

"他们不来迎接我们吗？"大使看着眼前空旷的平原问道。

"我们得自己到首都去见他们。虽然有精致的外表，这却是个没有礼仪的时代，甚至连好奇心也没有了。"

"他们对移民是什么态度？"

"同意接收，但移民只能在与社会隔绝的保留区生活。至于保留区的位置，在地球还是其他行星上，或在太空专建一个城市，由我们决定。"

"这绝对不能接受!"大使愤怒地说,"全体移民必须融入现在的社会,融入现在的生活,移民不是二等公民,这是时间移民最基本的原则!"

"这不可能。"先遣队长摇摇头。

"是他们的看法?"

"也是我的。哦,请听我把话说完。您刚解冻,而这之前我已在这个时代生活了半年多。请相信我,现实远比您看到的更离奇。就是发挥最疯狂的想象力,您也无法想象出这个时代的十分之一。与此相比,旧石器时代的原始人理解我们的时代倒容易多了!"

"移民开始时已经考虑了适应的问题,所以移民的年龄都在25岁以下。我们会努力学习,努力适应这一切的!"大使说。

"学习?"先遣队长笑着摇摇头,"您有书吗?"他指着大使的手提箱问,"什么书都行。"大使不解地拿出一本伊·亚·冈察洛夫在19世纪末写的《环球航海游记》,这是他出发前看到一半的书。先遣队长看了一眼书名说:"随便翻到一页,告诉我页数。"大使照办了,翻到239页。先遣队长流利地背诵起航海家在非洲的见闻,令人难以置信的,一字不差。

"看到了吗,根本不需要学习,他们就像我们往磁盘上复制数据一样向大脑中输入知识!人的大脑能达到记忆的极限。如果这还不够,看这个,"先遣队长从耳后取下一个助听器大小的东西,"这是量子级的存储器,人类有史以来所有的书籍都能存在里面,愿意的话可以连一个账本都不放过!大脑可以像计算机访问内存一样提取它的信息,比大脑本身的记忆还快。看到了吗,我自己就是人类全部知识的载体,如果愿意,您在不到一小时的时间内也能做到。对他们来说,学习是一种古老的、不可理解的神秘仪式。"

"他们的孩子一出生就马上得到一切知识?"

"孩子?"先遣队长又笑了,"他们没有孩子。"

"那孩子呢?"

"我说过没有。家庭在更早的时代就没有了。"

"就是说,他们是最后一代人了。"

"也没有代,代的概念不存在了。"

大使的惊奇现在变成了茫然。但他还是努力去理解,并多少理解了一些。"你是说,他们永远活着?!"

"身体的一个器官失效,就更换一个新的,大脑失效,就把其中的信息拷贝出来,再拷到一个新培植的脑中去。当这种更换进行了几百年后,每个人唯一留下的是自己的记忆。你能说清他们是孩子还是老人吗?也许他们倾向于把自己当老人,所以不来接我们。当然,愿意的话,也会有孩子的,克隆或是更传统的方法,但不多了。这一代的长生者现在已生存了三百多年,还会继续生存下去。这一切会产生出一个什么样的社会形态,您能想象得出吗?我们所梦想的东西:博学、美貌、长生,在这个时代都是轻而易举就能得到的东西。"

"那么这是理想社会了?他们还有想要而得不到的东西吗?"

"没有,但正因为他们能得到一切,同时也就失去了一切。对我们来说这很难理解,对他们来说却是真实的感受。现在远不是理想社会。"

大使的茫然又变成了沉思。天空中的六个太阳已斜向西方,很快落向地平线下。当西天只剩下两个太阳时,启明星出现了,接着,真正的太阳在东方映出霞光。那柔和的霞光使大使感到了一丝慰藉,宇宙间总有永恒不变的东西。

"500年,时间不算长,怎么会有这么大的变化呢?"大使像在问先遣队长,又像在问整个世界。

"人类的发展是一个加速度,我们时代那50年的发展,可与过去500年相比,而现在的500年,也许与过去的50 000年相当了!您还认为移民能适应这一切吗?"

"加速到最后会是什么?"大使半闭起双眼。

"不知道。"

"你所拥有的全人类的知识也不能回答这个问题吗?"

"我游历这几个时代最深的感受是：知识能解释一切的时代过去了。"

……

"我们继续朝前走！"大使做出了决定，"带上那块芯片，还有他们向人脑输入知识的机器。"

在进入超睡前的朦胧中，大使又见到了桦，桦越过620年的漫漫长夜向他看了眼，那让人心醉又心碎的眼神，使大使在孤独的时间流浪中有了家园的感觉。大使梦见水晶大地上出现了一阵飘渺的飞尘，那是桦的骨骼变成的吗？

跋涉

无知觉中，太阳如流星般划过长空，时光在外部世界飞速掠过……

……600年……620年……650年……700年……750年……800年……850年……900年……950年……1 000年。

第三站：无形时代

冷冻室巨大的密封门隆隆开启，大使第三次站在未知时代的门槛前，这次他做好了对看到一个全新时代的精神准备，但出门后发现，变化没有他想象的那么大。

水晶地毯仍然存在，铺满大地；六个太阳也在天空中发着光。但这个世界给人的感觉与大厅时代全然不同。首先，水晶地毯似乎已经"死"了，深处的光影还有，但暗了许多，在上面走动时不再发出风铃声，也没有美丽的波纹出现。太空中的六个太阳，有四个已暗淡无光，它们发出的暗红色光只能标明自己的位置，而不能照亮下面的世界。最引人注意的变化是：这世界有尘土了！尘土在水晶地面上薄薄地落了一层。天空不再纯净，有灰色的流云。地平线也不是那么清晰笔直了。所有的一切给人这样一个感觉：大厅时代的大厅已人去屋空，外部的大自然慢慢渗透进来。

"两个世界都拒绝接收移民。"先遣队长说。

"两个世界？"

"有形世界和无形世界。有形世界就是我们熟知的世界，尽管已很不相同。有同我们一样的人，但对很大一部分人来说，有机物已不是他们的主要组成部分了。"

"同上次一样，平原上还是看不到一个人。"大使极目远望。

"有几百年人们不用那么费力地在地面上行走了。您看。"先遣队长指指空中的某个位置。大使透过尘土和流云，隐约看到一些飞行物，距离很远，看上去只是一群小黑点。"那些东西，也许是一架飞机，也许就是一个人。任何机器都可能是一个人的身体，比如海上的一艘巨轮，可能就是一个人的身体，操纵巨轮的电脑的存储器是这个人大脑的拷贝。一般来说每个人有几个身体，这些身体中总有一个是同我们一样的有机体，这是人们最重视的一个身体，虽然也是最脆弱的，这也许是由于来自过去的情感吧！"

"我们是在做梦吗？"大使喃喃地问。

"与有形世界相比，无形世界更像一个梦。"

"我已经能想象出那是什么，人们连机器的身体也不要了。"

"是的。无形世界就是一台超级电脑的内存，每个人是内存中的一个软件。"

先遣队长指了指前方，地平线上有一座山峰，孤独地立在那里，在阳光下闪着蓝色的金属光泽。"那就是无形世界中的一个大陆。您还记得上次我们带回的那些小小的量子芯片吧，而您看到的是量子芯片堆成的高山！由此可以想象，或根本无法想象，这台超级电脑的容量。"

"在它里面，是一种什么样的生活呢？在内存里人们什么都不是，只是一些量子脉冲的组合罢了。"大使说。

"正因为如此，您可以真正随心所欲，创造您想要的一切。您可以创造一个有千亿人口的帝国，在那里您是国王；您可以经历一千次各不相同的浪漫史，在一万次战争中死十万次。那里每个人都是一个世界的主宰，比神更有力量。您甚至可以为自己创造一个宇宙，那宇宙里有上亿个星系，每个星系有上亿个星球，每个星球都是各不相同的您渴望或不敢渴望的世界！不要担心没有时间享受这些，超级电脑的速度使那里的一秒钟有外面的几个世纪长。在那里，唯一的限制就是想象力。无形世界中，想象与现实是一个东西，当您的想象出现时，想象同时也就变为现实了，当然，是量子芯片内的现实，用您的说法就是脉冲的组合。这个时代的人们正在渐渐转向无形世界，现在生活在无形世界中的人数已超过了有形世界。虽然可以在两个世界都有一份大脑的拷贝，但无形世界的生活如毒品一样，一旦经历过那种生活，谁也无法再回到有形世界里来，我们充满烦恼的世界对他们如同地狱一般。现在，无形世界已掌握了立法权，正逐渐控制整个世界。"

跨过1000年的两个人，梦游似地看着那座量子芯片的高山，忘记了时间，直到真正的太阳像过去亿万年的每一天那样点亮了东方,才回到了现实。

"再以后会是什么呢?"大使问。

"无形世界中,作为一个软件,您可以轻易地拷贝多个自我,如果对自己性格的某些方面不喜欢,比如您认为在受着感情和责任心的折磨,您也可以把这两个都去掉,或把它们拷贝一个备份,需要时再连接到您的自我上。您也可以把一个自我分裂成多个,分别代表您个性的某个方面。进一步,您可以和别人合为一体,形成一个由两者精神和记忆组合而成的新自我。再进一步,还可以组合几个几十个或几百个人……够了,我不想让您发疯,但这一切在无形世界中随时都在发生。"

"再以后呢?"

"只能猜测,现在最明显的迹象是,无形世界中的个体可能会消失,最终所有人合为一个软件。"

"再以后?"

"不知道。这已是个哲学问题了,经过了这几次解冻,我已经害怕哲学了。"

"我则相反,已是个哲学家了。你说得对,这是个哲学问题,必须从哲学的深度来思考。对这次移民,我们早就该这样思考,但现在也不晚。哲学是一层纸,现在至少对于我,这层纸捅破了,突然间,几乎突然间,我知道我们以后的路了。"

"我们必须在这时代结束移民，再走下去，移民将更难适应目的时代的环境。"先遣队长说，"我们应该起义，争得自己的权力。"

"这不可能，也没必要。"

"我们难道还有别的选择？"

"当然有，而且这个选择就像前面正在升起的太阳一样清晰和光明。请把总工程师叫来。"

总工程师同大使一起解冻，现在正在冷冻室中检查和维护设备。由于他的解冻很频繁，已由出发时的青年变成老人了。当茫然的先遣队长把他叫来后，大使问："冷冻还能维持多长时间？"

"现在绝热层良好，聚变堆的工作情况也正常。在大厅时代，我们按当时的技术更换了全部的制冷设备，并补充了聚变燃料，现在看来，所有 200 个冷冻室，即使以后不更换任何设备、不进行任何维护，也可维持 12 000 年。"

"好极了。立刻在原子钟上设定最终目的地，全体人员进入超睡，在到达最终目的地之前，不再有任何人解冻。"

"最终目的地定在……"

"11 000 年后。"

……

桦又进入了大使超睡前的残存意识中，这一次最真实：她的长发在寒风中飘动，大眼睛含着泪，在呼唤他。在进入无知觉的冥冥中之前，大使对她喊："桦，我们要回家了！我们要回家了！！"

跋涉

无知觉中，太阳如流星般划过长空，时光在外部世界飞速掠过……

……1 000 年……2 000 年……3 500 年……5 500 年……7 000 年……9 000 年……10 000 年……11 000 年。

第四站：回家

这一次，甚至在超睡中也能感觉到时光的漫长了。在一万年的漫漫长夜中，在一百个世纪的超长等待中，连忠实地控制着全球 200 个超级冷冻室的电脑都要睡着了。在最后的一千年中，它的部件开始损坏，无数由传感器构成的眼睛一只只地闭上，集成块构成的神经一根根瘫痪，聚变堆的能量相继耗尽，在最后的几十年中，冷冻室仅靠着绝热层维持着绝对零度。后来，温度开始上升，很快到了危险的程度，液氦开始蒸发，超睡容器内的压力急剧增高，11 000 年的跋涉似乎都将在一声爆炸中无知觉地完结。但就在这时，电脑唯一还睁着的那双眼看到了原子钟的时间，这最后一秒钟的流逝唤醒了它古老的记忆，它发出了一个微弱的信号，苏醒系统启动了。在核磁脉冲的作用下，先遣队长和一百名先遣队员的身体中接近绝对零度的细胞液在不到百分之一秒的时间内融化，然后升到正常体温。一天后，他们走出了冷冻室，一个星期后，大使和移民委员会的委员全都苏醒了。

当冷冻室的巨门刚刚开启一条缝时，一股外面的风吹了进来。大使闻到了外面的气息，这气息同前三个时代不同，它带着嫩芽的芳香，这是春天的气息，家的气息。大使现在已几乎肯定，他在一万多年前的决定是正确的。

大使同委员会的所有人一起跨进了他们最后到达的时代。

大地是土的，但土是看不见的，因为上面长满了一望无际的绿草。冷冻室的门前有一条小河，河水清澈，可以看到河底美丽的花石和几条悠闲的小鱼。几个年轻的先遣队员在小河边洗脸，他们光着脚，脚上有泥，轻风隐隐送来了他们的笑声。只有一个太阳，蓝天上有雪白的云朵。一只鹰在懒洋洋地盘旋，有小鸟的叫声。远远望去，一万年前大厅时代消失了的山脉又出现在天边，山上盖满了森林……

对经历过前三个时代的大使来说，眼前的世界太平淡了，他为这种平淡流下热泪。经过 11 000 年流浪的他和所有人需要这平淡的一切。这平淡的世界是一片温暖而柔软的天鹅绒，他们把自己疲惫破碎的心轻轻放上去。

平原上没有人类活动的迹象。

先遣队长走过来，大使和委员们的目光集中在他脸上，那是最后审判日里人类的目光。

"都结束了。"先遣队长说。

谁都明白这话的含义。在神圣的蓝天绿草之间，人类沉默着，平静地接受了这个现实。

"知道原因吗？"大使问。

先遣队长摇摇头。

"由于环境？"

"不，不是由于环境，也不是战争，不是我们能想到的任何原因。"

"有遗迹吗？"大使问。

"没有，什么都没留下。"

委员们围过来，开始急促地发问。

"有星际移民的迹象吗？"

"没有，近地行星都恢复到未开发状态。也没有恒星际移民的迹象。"

"什么都没留下？一点点，一点点都没有？"

"是的，什么都没有。以前的山脉都被恢复了，是从海洋中部取的岩石和土壤。植被和生态也恢复得很好，但都看不到人工的痕迹。古迹只保留到公元前 1 世纪，以后的时代痕迹全无。生态系统自行运转估计有五千多年了，现在的自然环境类似于新石器时代，但物种不如那时丰富。"

"什么都没留下，怎么可能？！"

"他们没什么话要说了。"

最后这句话使大家再次陷入沉默。

"这一切您都预料到了，是吗？"先遣队长问大使，"那么，您应该想到原因了？"

"我们能想到，但永远无法理解。原因要在哲学的深度上找。在对存在进行终极思考时，他们认为不存在是最合理的并选择了它。"

"我说过，我怕哲学！"

"那好，我们暂时离开哲学吧！"大使走远几步，面向委员们。

"移民到达，全体解冻！"

200 个聚变堆发出最后的强大能量，核磁脉冲在熔化着 8 000 万人。一天后，人类从冷冻室中走出，并在沉寂了几千年的各个大陆上扩散开来。在一号冷冻室所在的平原上，聚集了几十万人，大使站在冷冻室门前巨大的台阶上面对他们，只有很少一部分人能听到他的讲话，但他们把听到的话像水波一样传开去。

"公民们，本来计划走 120 年的我们，走了 11 000 年，最后到达这里。现在的一切你们都看到了，他们消失了，我们是仅存的人类。他们什么都没有留下，但又留下了一切。这几天，所有的人一直在努力寻找，渴望找到他们留下的只言片语，但没有，什么都没有。他们真没什么可说的吗？不！他们有，而且说了！看这蓝天、这草地、这山脉、这森林，这整个重新创造的大自然，就是他们要说的话！看看这绿色的大地，这是我们的母亲，是我们力量的源泉，是我们存在的依据和永恒的归宿！以后人类还会犯错误，还会在苦难和失望的荒漠中跋涉，但只要我们的根不离开我们的大地母亲，我们就不会像他们那样消失。不管多么艰难，人类和生活将永远延续！公民们，现在这世界是我们的了，我们开始了人类新的轮回。我们现在一无所有，但又拥有人类有过的一切！"

大使把那个来自大厅时代的量子芯片高高举起，把全人类的知识高高举起。突然，他像石像一样凝固了，他的眼睛盯着人海中一个飞快移动的小黑点，近了，他看清了那束在梦中无数次出现的长发，那双他认为在一百个世纪前已化为尘土的眼睛。桦没留在 11 000 年前，她最后还是跟他来了，跟他跨越了这漫长的时间沙漠！当他们拥抱在一起时，天、地、人合为一体了。

"新生活万岁!"有人高呼。

"新生活万岁!!"这呼声响彻了整个平原,群鸟欢唱着从人海上空飞过。

在一切都结束之后,一切都开始了。

亿万宇宙

三根管子

文 / 喀拉昆仑

◆ 1 ◆

阿胤走得太快,从发病到离世也就不到一天时间,苏珊完全反应不过来。她还什么都没来得及做,薄薄的白单就已经盖住了那张她再熟悉不过的脸。

屋里很安静,苏珊呆呆地愣在原地,许久没有反应过来,僵得像一根柱子。

"我们尽力了……"医生在一旁小声地说,"你要节哀。"

"这到底是怎么回事?"苏珊感觉像是在梦里。

"还不清楚。"医生坦言。

"不清楚?"苏珊诧异了,一下子从愣神中跳了出来——人都没了,就在这家医院里,就在你眼前没的,你这个身为主治医生的,居然说不清楚?

她以审问的眼神看着医生。

"从目前已知的情况来看，他应该是得了噬肉菌综合征，也称为'坏死性筋膜炎'。"医生可能也意识到自己说话失当，便耐着性子解释说，"这是一种极为罕见也极为严重的自体感染疾病，临床报道的病例很少。"

"感染？"她一愣，随即摇头，"这不可能！阿胤他身体那么强壮，又经常锻炼，平常连个感冒都没有，怎么会突然感染重病？"

现在，透过白单，仍能隐隐看出男友那标准的倒三角形身材和六块腹肌，这么多年来，他一直保持着业余健美先生的水准，体质是出了名的好。

"这跟身体强不强壮没有关系。"医生说，"病原体源于患者自身，所以总是无视基础免疫，发病很突然且没有征兆。病原体会迅速侵入血液循环系统，随血液散布全身，沿途破坏所有的身体器官和组织，有时就连神经系统也会被入侵。这病致死很快，快到无法做出诊断分析……所以直到今天具体病因尚不清楚，也就没有治疗对策。"

苏珊仍旧定定地看着医生。

"事情就是这样了，"医生无奈地双手一摊，"我们真的已经尽力了……"

现场沉默了几秒钟。

"实在太突然了——"苏珊似乎是用了好长时间才消化完医生给出的叙述,刚说几个字,就哽住了,"我都来不及告别,甚至来不及哭……"

"我很抱歉……"医生这次终于动容了,脸上不再是麻木的职业表情,他起身长叹一口气,轻轻拍了拍苏珊的肩膀,算作安抚,"姑娘,你还年轻,要好好生活。"

苏珊先是愣了片刻,随后忽然一把抓住医生放在她肩膀上的手,双眼如钩。"可否告诉我,他感染的是哪种致病菌?"她就像抓住救命稻草的落水者那样,急切地追问道,"不用介绍太多,只要告诉我名字就行!"

她心中的恨意,急需一个发泄对象。

"病原体有很多种,其实把它们定义为'致病菌'也是不科学的,"医生察言观色,看出了苏珊的心思,于是想要劝解她,"它们原本都是正常的人体肠道细菌,结果因为某种未知的原因,穿出肠道,转移到了身体其他地方,这才变坏的。"

"它们为什么要换地方?"她追问道,显然是没有放弃,她抓着医生的手是如此用力,以至于后者脸上都开始露出疼痛的表情。

旁边的医护人员见状,试图冲过来制止苏珊,医生伸手示意不用。

"不清楚,目前为止这还是医学界的一个难题。"医生谨慎地说,"按说不该换地方的,因为人类肠道就是世界上最适合它们生活的地方……但这些都只是经验之谈,我们医学归根到底还是'经验学',都是在摸索中前进的……医学也并非万能的……你抓疼我了。"

苏珊的手慢慢松开了。

回家的路,明明很熟悉,她却走得很恍惚,就像一个正在游荡的孤魂野鬼。

她的生命空了。

世界上最爱她也最懂她的那个人,不在了,原因未知。命运以一种最蛮不讲理的方式夺走了她的幸福,也抹去了她活着的意义。

"不知道","目前还不清楚","医学界尚未有定论",这是医生全程说得最多的三句话,每一句都像是刀子一样,狠狠地扎在她心头。

人都已经没了,居然还搞不清楚是怎么一回事!

明明早晨还是活蹦乱跳的一个人,这才到傍晚,说没就没了,就因为那些擅自离岗的肠道菌群……阿胤那根肠道到底怎么了?为什么要释放病菌去攻击身体的其他器官?大家明明都是一个身体里的东西好不好,从同一颗细胞分化而来,自娘胎里起就一起长大,彼此都和平相处几十年了,怎么说翻脸就翻脸,让医生都来不及抢救?

苏珊忽然觉得这个世界很不真实，一边麻木地走，一边看着路上的行人，目光仿佛穿透了那些人的外表，看到了他们体内那些温暖而躁动的内脏，看到了那根蜷曲的消化道——那居然是一根根随时可能引爆的"雷管"吗？所谓人，难道竟是种不可理喻的疯狂设计，所以才消失得这么突然，这么不讲道理？既然这样，当初又为什么煞费苦心地让生命诞生？还要含辛茹苦地把他们养大，一代又一代？

苏珊就这样失魂落魄地回到了家里。

"妈，你当年……为什么要生我？"坐在家里的沙发上，苏珊忽然问母亲。她心里带着一丝期盼，希望得到一个答案，却又有些害怕那个答案，似乎预感到它会伤害自己。

"因为有了你，所以就生下来了呗！"母亲正在拖地，头也没抬地回答道，拖着长音，语气里满是溺爱。

苏珊听了心里一酸——正是因为这份溺爱，母亲的辛劳加倍了。有了孩子，就有了照料子女、操持家务、养家糊口的一系列责任，再勤快的人都会被折磨得焦头烂额。而母亲本可以过上另一种生活，一种更加轻松的生活。

苏珊犹豫了一下，说："你可以选择不要我的。"

母亲笑着，继续拖地："那哪行啊！"

"可以的，"苏珊说，"不要我，你会过得轻松很多！这么多年，你一个人养家带孩子，实在太难了……如果你还是一个人,那该多好!"

一听这话,母亲忽然生气了,抬起头,对苏珊怒目而视:"瞎说什么呢!有了孩子,不生下来干什么?难道要——"看到苏珊脸上失魂落魄的表情,她一惊,这才意识到可能是出了什么事,本能地扔下手中的工具走了过来,伸手摸摸苏珊的额头,再摸摸自己的,关切道,"你怎么了,是不是不舒服?"

"没事,我没病。"苏珊挡开母亲的手,直视母亲的双眼,继续追问,"你当初选择生下我,是想……用我来留住我爸吧?"

母亲愣住了。

苏珊缓缓地说:"过去的事,也该让我知道了。"

"不,不是你想象中的那样——"母亲反应过来了,急切道,"我和你爸的感情一直都很好,相互关心,没有什么大问题。"

"那我爸爸为什么还要离开?"苏珊直白发问,眼神直逼母亲心里。

母亲紧紧咬着嘴唇,不再说话。

"其实你这样做,他反而离开得更快!"苏珊豁出去了,"你追得越猛,绑得越紧,他就越是害怕,越是想要逃避,到最后,终于狠下心连我这个女儿也不想要了!他觉得我就是个累赘……你把我生下来,害了你自己,也害了我——"

"啪!"一个响亮的耳光打在苏珊脸上,制止了她。

苏珊条件反射地捂住脸。

母亲颤抖地看着自己的手,不敢相信自己刚才的举动。

苏珊却又一次笑了,释然地笑道:"你是把我当成你的私产,从小就绑着我,让我寸步不离,直到现在依旧不让我一个人出门,不让我和任何男生交往,每次都把人骂走,导致我也没有朋友,性格越来越孤僻……阿胤是唯一一个不嫌弃我怪癖,真诚待我的人,现在,也没了……人们都说这世上的爱情和婚姻正变得越来越脆弱,我本以为我和阿胤会是个例外,还把这当成了一种精神寄托,没想到……"她抽泣几下,抬头看着母亲,"我变成今天这样,全都是你害的!"

苏珊说完,捂着脸,愤怒地冲出了家门。

母亲伸手想拦,最终却无力地坐回沙发上,长叹一声,泪流满面。正在这时,卧室里忽然传来婴儿的哭声,她急忙擦干眼泪,匆匆赶去安抚。

可怜的孩子。

流感,高烧40度——孩子体内免疫系统对病毒入侵的反应很激烈,导致体温飙升,摸着都有些烫手。婴儿小小的身子因痛苦而扭曲着,抽搐着,变得像一只虾,每次痉挛袭来,都会抽风,上吐下泻。襁褓里满是污秽,换了一个又一个,每次触到那烫人的皮肤,她的心也会被烫伤。怅然四望,小小的婴儿室里弥漫着散不去的药味,垃圾桶里填满了废纸巾、药盒和医用一次性注射器。

不行了,必须送去医院了——她终于下定了决心。

这孩子的身份,看来是藏不住了。

母亲忽然意识到了什么,扭头,担忧地看着门口,看着苏珊离去的方向——门仍旧是开着的,仿佛随时欢迎任何闯入者。

◆ 2 ◆

平行宇宙,普朗克缓冲区,一个意识体在游荡。

它已经死亡了,却依旧存在着,消逝的是本体,而意识波还在扩散。它没有实体,只是意识片段的聚合体,是本体投射在这里的一个影子,就像一团由迷离光影编织的云雾。它是一个扩散中的涟漪,在变幻中探索着稳定的姿态,在漂移中寻找着伫立的锚点。每次移动都会有许多意识碎片被甩落下来,于是那条航迹在它身后越拖越长,越拖越淡,如同彗尾。直到它遇到那个挡路的神秘存在,停了下来,尾巴才全部缩回来,凝为可见的实体。而这时,它也终于收回所有的思绪,想起了自己的过往。

挡路者(看起来像是一团流动的雾气,凝聚成人形半身像,横亘在前进方向上):请留步,我该怎么称呼你这个闯入者?是用你的昵称"阿胤",还是用你的本名"刘佳",又或者,你常用的那个网名"嘉先生"?

阿胤（意识片段定向塌缩，呈现出生前模样，神情淡然）：无所谓了，随便哪个都行，反正都只是个代号，改变不了什么。

挡路者（似笑非笑）：看起来，对于自己当下的这种存在状态，你好像并不感到意外。

阿胤（量子体塌缩，呈现出淡然的表情）：其他人也许会意外吧，但我不同，我是个量子力学专家，对物质和意识的认识异于常人，能够接受并理解"意识体"这种怪异事物，眼下的这种意识弥散、波函数塌缩现象，在我的职业认知范围内。

挡路者：可你这个意识体一直在崩解着。

阿胤：这些都是正常现象，没必要大惊小怪。

挡路者（顿了片刻，似乎有些意外）：我查到你的文化传统中有"灵魂"之说，你不珍视自己的这个"灵魂"吗?

阿胤（量子体重新弥散，然后再度塌缩为无所谓的笑容）：珍视?量子力学中有一个著名的"玻尔兹曼大脑"假说，根据该假说的理论推算，宇宙量子随机涨落生成量子态低熵智慧体——也就是"灵魂"的概率，居然比自然进化出大脑的概率还要大好几十个数量级！（深吸一口气）好几十个数量级啊，你知道这意味着什么吗?它意味着宇宙中"灵魂"的数量是如此之多，不仅远远超出智慧生物的数量，远远超出所有生命体的总数量，甚至比所有原子的总数量还大亿万倍！（再次笑笑）亿万颗灵魂合起来，其价值也比不过一颗原子，我为什么要珍视它们？这种烂大街的存在，有什么理由让我去珍视？

挡路者（叹了口气，有些不甘）：好吧，算你狠……但你不在乎自己，也不在乎自己的亲人和爱人吗？你不挂念他们？

阿胤（愣了一下，面露苦笑）：还有那个必要吗？我现在已不是从前的自己，只是一团波而已。（举起手，五指伸展，眼睛看着指缝，若有所悟）原有的意识体映射过普朗克壁障之后，就是一个全新的个体了，我在挂念谁，谁在挂念我，都已经没有意义。那一道道普朗克缝隙就是一层层隔断时空因果联系的叹息之墙，墙两边是互不干涉的两个平行宇宙。（缓缓地扇了扇手，看着指缝间流过的缕缕雾气）既然互不干涉，又何必再翻墙去查我的陈年旧账呢？（叹了口气）我只是一个俗人而已，我在那边的世界所经历的，现在仍旧放不下的，也只是些普通人和平常事罢了。相比之下，（目视前方）你倒是更让人好奇。

挡路者：请说出你的困惑。

阿胤：你是谁，干什么的，为什么要拦住我？

挡路者：我是这片平行宇宙群落的网络管理员，任务是疏导游离的意识体，指引正确的流向，令其回归主流，类似电脑的磁盘碎片回收程序。现在呈现在你面前的是我本体的一个低维投影，也是设在这个世界的一个专门面向意识体映射投影的客户端。以你现有的知识储备，这些应该都不难理解。

阿胤（愣了下，深吸一口气，脸上涌起无法掩饰的敬畏之色）：您怎么称呼？

挡路者：艾尼阿克。

阿胤：听起来有些耳熟……

挡路者艾尼阿克：在你那个世界的语言系统中，它是一台电子计算机。

阿胤（恍然大悟）：对对对，世界上的第一台电子计算机！由电子管搭建的，重达30吨，计算速度每秒5 000次加法运算，诞生于1946年的美国橡树岭国家实验室——它就是叫这个名字，艾尼阿克！

挡路者艾尼阿克：是的，就是它。我跟它一样，都是电脑，人工智慧。

阿胤：原来如此……你是借用了远祖的名字。

挡路者艾尼阿克：不，我没有借用，那本来就是我的名字——我就是那台始祖计算机。

阿胤（吃了一惊）：这不可能！它的性能非常落后！

挡路者艾尼阿克：确实很落后。但现在的我可不是一台计算机，而是一个跨平行宇宙的计算机云。这个群落的每一个平行宇宙里诞生的第一台电子计算机都是这个名字，属性也都相似，这属于平行宇宙间的黏性联动机制，遵循"同类相聚"原则。这无数台艾尼阿克跨平行宇宙壁垒联动,就形成了我。

阿胤:那可都是些原始的电子管计算机啊!它们连互联网都接不上,居然能跨越平行宇宙壁垒?

挡路者艾尼阿克:不用接网。它们来自第一象限里的几个宇称耦合互补宇宙,天生联动性就很强,用电子管的话能量逸散比例很高,正好能跨普朗克墙多点互联。这是种天然的宇宙级互联网,就跟生物神经元细胞一样,只要数量堆上去了,就会出现奇迹……

阿胤(花了好长时间才反应过来,一脸难以置信的表情):这件事……真让人意外,人类发明的初代计算机,竟然成了平行宇宙的秩序管理员?

挡路者艾尼阿克:好了,我的自我介绍就到此为止吧,眼下的问题在你这边,你知道自己在干什么吗?

阿胤(叹了口气,脸上带着调侃):知道,我成了穿越者。(看着前方空白处,若有所思)正如理论所预言的那样,平行宇宙相互之间虽然以坚不可摧的普朗克缝隙隔开了,但那缝隙中却充满了泡利孔洞,即量子隧道,而我临终前的意识波函数就是穿过这样的孔洞,跨越普朗克墙,投射到了另一边的这个平行宇宙里。也就是说,现在站在你面前的这个我,本质上只是一个投影。

挡路者艾尼阿克(饶有兴味地反问):本体都没了,投影还能自主活动?

阿胤（上下打量自己，这种自我内向观察使得那一团光影发生了明显的塌缩）：若我猜得没错，这是典型的量子映射态。量子态的意识体穿过泡利孔洞的过程，就像光学上的小孔成像一样，是一种映射，最后形成的信息团也是量子态的，自然具有活性。通常情况下，人类衰老死亡，思维波穿过泡利孔洞时都会严重散射，甚至单孔衍射，导致意识崩解成一团碎片。但我是暴病身亡，死前整个人正值青壮，精力旺盛，大脑里的神经元活动很旺盛，意识受散射影响很小，基本上是以完整形态穿过泡利孔洞，电传过来，整个人等于是借体重生了——在我们那个世界的语言系统中，我这种遭遇可以用一个词来概括——"穿越"。

挡路者艾尼阿克：很好，这样就省去了我解释的麻烦……你知道穿越者的使命吗？

阿胤：知道，搞事情而已（笑笑）。按照你的理解，这也是一种资源循环吧？将意识体回收再利用，继续去观察并干涉宇宙波函数的塌缩。（苦笑着摇摇头）你说我的肠道菌群为什么要转移呢？老老实实待在肠道里不好吗？它们转移了，穿越了肠壁，破坏了我的内脏，导致我暴病身亡，于是我才穿越了，转移到别的宇宙。微生物的集体转移害死了我这个宏观宿主，我的意识体转移，不知道又会害死一个什么级别的存在，它应该是更大尺度的吧？会是宇观尺度的吗？宇宙本身会不会因此而受到影响？

挡路者艾尼阿克：不会，这一切都是正常流程。电脑硬盘要求磁极对称，而宇宙树要求宇称对称，这就需要意识体在各宇宙间自由流动，通过流动和传递来平衡宇称破缺，这一过程让宇宙树得以生长，整个系统因此才能越来越完善。

阿胤：听着像玄学了。

挡路者艾尼阿克：不，这是科学，更高层次的、跨平行宇宙范畴的科学。你来的那个世界的科学家们已经发现单个宇宙内部是质能守恒，宇称不守恒；再上一层，在你们所未研究到的平行宇宙空间，这个宇宙树体系，则是宇称守恒，意识力不守恒。

阿胤（摇摇头）：抱歉，我听不懂。

挡路者艾尼阿克（笑了）：看来你虽然知道平行宇宙的存在，却对它们之间的关系不太清楚，也难怪会这样乱闯。

阿胤（困惑）：关系？平行宇宙之间还有什么关系？不就是一团概率云吗？

挡路者艾尼阿克（笑了）：概率云？平行宇宙群落如果真的那么简单，你就不会来到这个缓冲区，我也就不会出现在这里了……你们通常都认为平行宇宙是杂乱堆积的小球，或者挤成一堆的泡沫，相互之间可以自由滑动，彼此毫无瓜葛。但事实可不是那样！平行宇宙间是有关联的，它们是精巧的串珠，是神经元链条，它们按照相位渐变规律有序排列形成一个高维的枝状发散结构，叫宇宙树。宇宙树上，一个个宇称不守恒的平行宇宙像树叶一样绽放出来，它们"手型"各异，四面八方各个朝向的都有……

伴随着挡路者艾尼阿克的解说，阿胤面前虚空中弥散的雾气幻化出一根细细的幼芽，顶端是一片迷离的幼叶，叶面上的图案如梦似幻，看不清。紧接着，莫名的扰动突然出现了，受其影响，叶面上图案出现变化，幻化出影影绰绰的无数叠影。叠影们彼此相互冲突，这让幼叶很不安，于是它一阵颤抖，分裂为无数片叶子，叠影们也就分散到了那些新叶上，一个叠影占一片叶子，每一片新叶还都牵引出一根杈枝，延伸到不同方向。新叶数量太少，能占据一片新叶、引出一根杈枝的叠影都是幸运儿，绝大多数叠影都没找到位置，消失了。看那样子，叶片似乎是通过施展"分身术"让叠影们优胜劣汰，各归其位，实现了某种稳态。

阿胤来了兴趣，回神再去看那植物，发现随着第一片幼叶的分化，原本单株的幼芽已经分出无数枝杈，悄然成长为一蓬规模宏大的灌木。

灌木上的叶子已经是第二代的宇宙叶了。它们仍旧在变幻叶面图案，很快又出现叠影。然后这第二代宇宙叶也迅速分裂，叠影们再次分散开，新生的第三代叶片带着各自的枝芽向四面八方延伸而去，继续分化，于是灌木便长成了庞然大树。

阿胤还没反应过来，叶片又一次图案变幻，叠影分散，这便有了第四代，接下来是第五代、第六代……转眼间无数代际滑过，初始的幼芽已经在指数级的增生中迅速成长为用语言无法描述其存在的恐怖巨树！

不用说，这就是所谓的"宇宙树"了。

阿胤怔怔地说不出话来。

挡路者艾尼阿克：看到这个平行宇宙群落了吧，你之前所在的那个宇宙，就是其中之一。

只见镜头迅速拉近，宇宙树的细节随之放大，视线焦点穿过无数纵横交错的枝杈，最后定格在一片普普通通的叶子上。镜头继续拉近，可以看到这片"宇宙叶"上的叶脉纹络其实是各种物理学公式定律及常数值，它显然是对宇宙属性的一个说明——阿胤看了下其具体参数值，发现那正是自己之前生活的宇宙。镜头转向旁边几片"叶子"，其叶脉纹络也是类似的公式图案，区别只是在一些小小的常数值上——这都是些相位／相角接近的平行宇宙，它们紧紧围绕在本宇宙周围，沿着某个看不见的"叶枝"，轴向对称排列成对生叶序，彼此手性相反，宇称互补，填满了所有可用的相位。

镜头转而越拉越远，这过程中方才被定格的那片本宇宙叶片以高亮标示着，渐渐缩小为一个光点，显示其在宇宙树上的位置。周围的平行宇宙依相似度不同也都被点亮，形成一团逐渐扩散的本宇宙光晕区。再看宇宙树其他区域，在不同层级上竟然都能找到与本宇宙相似的平行宇宙，其中有许多都隔了很远，但也会聚集成团，放眼望去，宇宙树上随处可见明暗不一的光晕区，就像一只只萤火虫。

本宇宙，并不孤单，它到处都有"亲戚"。

阿胤隐约能猜到，宇宙叶们在宇宙树上是按照"开枝散叶"的树形规律排布。属性相似宇称互补的宇宙叶们生在同一根叶枝上，按特定的叶序排列；这些叶枝又连接到上一级的树枝上，彼此在更高层次上实现宇称互补；树枝再往上是更加粗壮的树枝，直到最终的树干。不同"枝系"宇宙的属性差异巨大——阿胤发现在某个枝系的众多平行宇宙里，热力学第二定律居然是反着写的，那里的热量不是走向平衡，而是向引力一样走向集中，所有的存在都是自发熵减的！再看其他的枝系，也都是个性十足：有电磁力破缺的，有核力破缺的，有惯性质量与引力质量不等效的……那一根根枝条，实际上代表着一个个与众不同的特性。而放眼望去，宇宙树上仅眼前可见的这一小小区域的枝条，就何止亿万！

大千世界，无奇不有。

阿胤看着眼前呈现的宇宙树模型，不禁惊叹：好宏大的一个体系！

挡路者艾尼阿克：是啊，非常宏大，也非常完备，你所能想到的任何一种属性，都能在这里找到；你之前所在宇宙里的任何一项特性，都能在这个宇宙树系统里找到一个属性与之截然相反的存在。那些宇宙叶片的分化足够细致，类型也足够全面，它们填满了原点周围所有的相位。各宇宙"手性对称，互补配对"，导致宇宙系统整体的宇称是守恒的，也就是说，里面所有的物理规律加起来，会相互抵消，最后得到"零"，回归原点。

阿胤（有些难以置信）：这，才是平行宇宙系统的真正面目？

挡路者艾尼阿克：是的，这才是宇宙的真相——一个化身万千、包罗万象，总值却等于零的宇宙树系统！你想要的，总能在这里找到，但同时，你所努力得到的，最终也会是一场空，因为这里本来就什么都没有，一切都是对生而出的"幻象"和"伪象"。

阿胤顿时无语。

◆ 3 ◆

妈妈出事了，已经送往医院！

苏珊接到消息时本来还在街心公园赌气哭泣，等到她回过神来，按地址跑到医院，才看到正在ICU输液的母亲那张苍白的脸。

突发性脑炎。

医生说，母亲的发病可能是过劳所致。挣钱养家和操持家务的双重压力，让母亲长期饱受神经痛及顽固性失眠的折磨。在苏珊的印象中，母亲吃饭和干活儿都没有问题，胃口很好，力气也很大，但精神明显跟不上节奏，可能是"早年情感创伤"留下的病根。

而这次苏珊的任性追问，正好又戳中了那里。

"很多事我不跟你说，是因为时间还不到……你要保护好你自己，注意，要尽量避开和陌生人的接触，也不要轻易去陌生的地方玩，否则会很危险……"母亲在清醒时写下的留言，依旧是那么保守。

苏珊鼻子一酸，又一次陷入了那种大脑空白的状态，茫然无措。

直到主治医生把她叫进医院接待处的大厅里。

"你们家三个人的基因是完全一致的。"医生说到这里，下意识地瞟了眼周围站着的几个身着特殊样式服装的人员，然后注视着苏珊，"也就是说，你们都是克隆人。"

苏珊愣了。

克隆人？

我们三个人？

她把视线移向了旁边护士手里抱着的那个婴儿，可以确定那是妈妈一直在照顾的小宝宝，据说是某个远房姨妈的孩子，委托妈妈代为照看的——此刻苏珊却忽然意识到，自己从来没见过那个姨妈，也从没见过妈妈和她联系过。

原来如此……

苏珊忽然笑了，笑得很无力。

早该想到的……这里面明显有问题!

是的,克隆体,都是克隆体——根本就没有什么"远房姨妈",苏珊也根本不是没了爸爸,而是压根儿就没有爸爸!她只是妈妈的克隆体,母亲当年之所以选择分娩她,让她以一种正常的方式降临这个世界,更多是为了掩人耳目。但本质上,这类胎儿是母体的克隆,与母体基因完全一致,这不是正常生育,而是孤雌生殖。

苏珊是孤雌生殖的人类。

苏珊看着护士抱着的婴儿,毫无疑问,这婴儿也是孤雌生殖来的——苏珊回想起来,当时母亲先是神秘失踪了好几个月,再出现时,就带回了这个婴儿。显然,在那几个月的时间里,母亲又孕育并分娩了一个自身的克隆体,就像当初"生"苏珊一样。

这小家伙拥有和苏珊完全一样的基因,连出生方式都一模一样。

那其实是又一个苏珊。

苏珊深吸一口气,伸出手,想去抱婴儿,护士立刻警觉地退了回去,与此同时,医生上前来,伸出胳膊拦住了苏珊。

苏珊以不善的眼光看着医生。

医生摇了摇头,没有让开。

"现在该我来照顾这孩子了……妈累了,需要休息。"苏珊说,她的眼里只剩下那个婴儿。以前她不喜欢这孩子,嫌吵,现在却感觉这孩子突然变得可爱起来了——孩子们总是很坦诚,有什么需求就直接表达出来,从不藏着掖着,心里没有秘密。

苏珊想要拥抱这份坦诚。

"这恐怕不行了。"那几个穿着特殊制服的人已经围了上来,将苏珊困在中央,为首那人冲苏珊展示了手中的证件,"你现在必须跟我们走一趟。"

苏珊看到了那证件上的单位名称:时空管理局,反平行渗透调查统计处。

一个从来没有听说过的单位。

苏珊看看那陌生而魔幻的证件,再看看周围如临大敌的众人,还有护士怀里抱着的婴儿,心里忽地涌上一个念头,生气了:"这到底是怎么回事?你们说实话!"

她本能地感觉这是一场恶作剧。

穿制服的那些人互相递了个眼色,最后都看着为首那人。后者耸耸肩,双手一摊:"这也正是我们急于知道的,所以才要请你去一趟,这件事非常重要,请你务必配合!"

"我母亲和妹妹都还需要照顾……"苏珊不想再纠缠。

"你母亲和这个孩子的事……还是交给医院方面处理吧,"对方毫不松口,"至于你本人,请现在就跟我们过去。"说完他一使眼色,几个人就围了上来,其中两名女性成员更是以不容反抗的姿态抓住了苏珊的胳膊——她们力气很大,大得不像是女人,而且动作干脆利落,明显是受过专业训练。

"请配合我们的工作。"她们对苏珊说道,脸上的表情坦诚而又严肃,"放心,我们没有恶意,不会加害于你的。"

形势不容反抗,苏珊无奈地点点头,任由那些人押着她,径直走进医院的电梯。

押送者们按亮了-5层的电钮。

"-5层!"看到那个闪亮的数字,苏珊又吃了一惊。

-5层,那层明明不开放啊!

在苏珊的认知中,这-5层跟上面的几层完全不同,是一个非常神秘的地方。包括医院在内,城市里所有高层建筑的地下部分都逐层分工,越往下层,通勤距离也就越远:-1层是本部地下室层,只串联起本栋建筑的几个单元;-2层是地下车库层,以地下停车场的形式把整个小区各楼的地下部分都连接起来;再往下的-3层,就是地铁层了,设有地铁站台,可以搭乘无人操控地铁快速前往本城市的各个角落,或者郊区;-4层更厉害,是胶囊管道层,也叫地下飞行层,可以搭乘胶囊运载车,沿着无阻力真空磁悬浮管道"飞"往其他城市,甚至其他国家!如果照这个规律推理,接下来的-5层应该是一种更厉害的交通方式,但公开资料上却说是什么能源管道维修层,闲人免进,所以几乎从不对外开放,苏珊也从来没见人进去过——但现在看来，那些显然都是误传，这 -5 层也是可以进入的，且在整个地下交通体系中的地位更重要，"能源管道维修层"的说法明显是在掩人耳目。

一阵失重感涌起，电梯启动，坠向 -5 层。

苏珊下意识地抓紧了电梯里的扶手。以前从没见谁能按亮 -5 层，也不知道现在这几个人是怎么做到的，刷了卡还是扫描了指纹瞳孔，不过这些都不重要了，他们所属的那个苏珊从未听说过的部门，明显不简单。

苏珊偷偷审视押送者，发现后者都是面无表情、目不斜视，就跟机器人一样，不由得开始担心自己的安全，手心里都出了汗。

电梯内的气氛很怪，苏珊盯着显示屏上的数字，脑子里翻腾着今天遇到的一系列难以置信的祸事：男友阿胤发怪病离世，母亲犯病住院，自己突然成了孤雌生殖的克隆人，还有了一个低龄"备份"，然后又被某个神秘部门发现并押送前往某个不知名的地方，走的还是能源管道维修层……这一件件让人震惊的离奇事件纠缠在一起，怎么想怎么荒唐，就像一场癫狂的噩梦。

可明明昨天睡觉前还一切正常的，今天这一觉醒来，世界就完全变样了？

骗人的吧？

苏珊狠狠地掐了自己一下——那痛觉告诉她，这不是梦，是现实。

电梯显示屏上的数字缓缓跳动,很快就从出发的 8 层落到了 1 层——苏珊感觉自己的心跳忽然漏了一拍。

这里就是地面了,再往下就是神秘莫测的地下世界。

真的要走吗?

那一刻,她忽然有一种错觉,好像划过地面那道界限后,就是无尽的坠落,以后再也回不来了,这场离奇噩梦将再也醒不来。

而她无力改变这一切,冥冥中,似乎也有一种力量在牵引着她沉下去。

"阿胤,你也在那边吗?"她心底悄悄呼唤着男友的名字。

没有减速超重感,指示电梯下落的红色箭头持续亮着,整架电梯毫不犹豫地继续下落,坠向既定的 -5 层。越过地面线的那一刻,门缝透过的亮光消失了,世界暗了下来,苏珊感觉自己的灵魂也一下子被淹没,如同溺水者。

进入地下了,显示屏上的数字已经换成了 -1 层。

从"1",直接到"-1"。

从孩提时起,苏珊就好奇,电梯为什么没有经过 0 层,从 1 层直接就跳到了 -1 层?她逢人便问,经常把大人逗得哈哈大笑。后来渐渐长大,她意识到那只是计数法上的失误,并不是电梯运行本身存在跳跃,也开始笑自己幼时的无知。

但此刻，她却又开始认同幼年的自己。地上，地下，根本不是一个世界，电梯从地上到地下，在经过地面的那一刻，确实该设置一个 0 层标识作为界限。地面 1 层的人光鲜亮丽，时刻能享受户外的阳光和空气；而 -1 层的地下室里住着的却都是一些生活困难孤苦无依的可怜人，整日像老鼠一样蜷缩在黑暗中，不敢见太阳。

有人便说，从 1 层到 -1 层是两个世界，生活着两个完全不同的物种。地上是生长的世界，所有人快乐地生活在地面上，沐浴在阳光下，如同绿色植物；而地下则黑暗腐朽，一向是留给已经死去和正在死去的生物。-1 层那些挨挨挤挤的门后面，本该是储物间，现在却变成了住人的地方，里面没有别的东西，只摆着一张床——也只能摆下一张床。床上躺着的人已经失去了在地面生活的资格，他们唯一能做的活动，可能只是出门，去同为 -1 层的邻居家串串门。整个 -1 层那鳞次栉比的地下室，无异于一个个可自由出入的墓室，这个串联起本栋建筑各单元的 -1 层，其实就是一个公墓区！

苏珊很不喜欢这里……

电梯还在下坠，显示屏上的数字换成了 -2 层。

这里，就是地下停车场了，跟过去一样，还是连接整个小区的地下公共空间。高层建筑的地基部分都是地下室，可以住人，其余部分作为地下停车场，基本上与小区内的道路绿化带等公共区域重合。车位上停满了广大平民阶层的代步工具，从电摩、电三轮到家用汽车，应有尽有。这一层的住户出了家门口便可以驾车出行，很方便，跟上面-1层的宅居活死人比起来，明显要有尊严得多。他们不用一直宅在家，而是经常出门——尽管他们都是苦逼的上班族或小生意人，从事各种基础劳动和服务，本质上依然是被剥削者，是城市的奴隶。苏珊和母亲之前就是这一层的，对此再熟悉不过。

不知是不是心理错觉，每次到-2层，苏珊都感到阵阵寒意，明明是一个面积很有限的地方，却让她觉得无比空旷。空气流通不畅，地上积攒的陈年灰土被行人和车辆带起，飘荡在空中，让空气也带着一股阴沉腐涩的味道，整个区域就像一个巨大囚牢，比-1层的棺材房也强不了多少。初来者可能会觉得新鲜，刺激，于是心跳加速，很兴奋，但是经常来这里的人却是一秒钟也不想多待，而且事实上也无法多待，因为工作还在等着他们。

失重感再次袭来，电梯好像又开始加速下落了，且速度飞快，熟悉的-2层一晃而过，很快进入了-3层，被押送者护在人群中央的苏珊忍不住以羡慕的目光看着那个数字。

-3层，精品地下住宅区与地铁层。这里的住宅档次很高，都是地下独栋小别墅，宽敞又舒适，出门就能坐上地铁，极为便捷。与旧时代那种拥挤喧闹的地铁不同，如今的地铁是整洁舒适的，里面设施考究，功能齐备，如同豪华列车的头等舱，配套的站台也跟旧时代大不一样，服务娱乐设施一应俱全，俨然已成为地下商务会所。

经常进出这一层的人已经是城市里的精英阶层了,他们有繁忙而优雅的人生,工作、生活、通勤、娱乐、饮食、休闲……所有内容基本上都是在地铁系统里完成。传闻中,他们中的很多人每天除了睡觉是在家里的床上,其余大部分时间都是在地铁的车厢和站台上度过,他们在地铁里办公、会友,通过视频电话开会,在站台上与客户洽谈合作,签合同,吃喝拉撒,干所有的事情。对他们来说,地铁几乎是万能的 VIP 包厢。这,也是大众心目中最理想的生活方式,"栖身地铁,整日穿梭于地下"。

没人说得清这种工作、生活方式是什么时候形成的,整个过程是一种渐进转型。随着人类文明转向人机共生形态,曾经高耸入云的写字楼都让给了机器和 AI,由它们来设计建设更符合需要的高层建筑森林,这让城市越长越高,越长越怪异;而人类的办公文员们则纷纷迁出高楼,潜入地下,在地铁这种移动式办公室里工作,以人类群体特有的谈判和博弈能力,完成企业间的竞争与合作,承担起类似菌丝和树根的职责。久而久之,"地上人少,地下人多"这种城市格局便形成了,留在地上的只是医院、政府机关、学校等必要的公共设施,其他活动场所和居民小区全都转入地下,且越往下越高级。在 -3 层这里,借助舒适高效的超深地铁网络,精英们可以轻松抵达城市的每一个角落,并延伸至郊区和周边乡镇,地铁所及之处,即为他们能力所及之范围。他们像蘑菇的菌丝一样在地下尽情蔓延,供养着地面上的公司总部大楼越长越大,越长越高,再伺机将孢子(公司的业务)散发到城市的每一个角落。他们，是城市经济运转的直接操作员，是钢筋水泥蘑菇林不可或缺的一部分。到他们这一阶层，就可以被称为市民了。与-2层相比，这一层无疑是体面而舒适的，苏珊和母亲之前一直都在为来到这一层生活而努力奋斗着。

电梯继续下落，令人羡慕的-3层很快过去，接下来是-4层，一个更让人羡慕，羡慕到只能仰望的层次。

-4层，富豪庄园兼磁悬浮真空管道层。这里有超豪华的地下别墅，甚至是地下庄园，各种设施一应俱全，直接接通城际高速胶囊交通网。与旧时代的地上磁悬浮列车相比，磁悬浮胶囊深埋地下，受到的外界干扰更小，安全系数更高。因为载客的胶囊艇是在真空管道中运行，阻力可以忽略不计，所以速度更高更稳定，快捷性甚至超过了飞机，这种出行方式也因此被称为"地下飞行"，超酷。关于这一层的居住者们，苏珊所知有限。她曾从其他人的间接转述中听到过一些零碎的描述，内容都很荒诞，诸如通过基因疗法实现长寿的超级富豪，体内安装了无数人造器官和传感器的钢铁侠，还有高度拟人的仿真机器宠物……每一个听起来都像是在讲外星人。不过有一条是确切无疑的，这层的人，都是富人中的富人，精英中的精英，他们是这个城市真正的掌控者，是城市的主人。但他们不住在这城里，他们的格局都很大，这个小小的城市根本容不下他们，他们只是路过，或者偶尔在此歇息，这个城市和其他所有城市一样，在他们的事业棋盘上，只是一个小小的、再普通不过的筹码，随时可弃的那种。

苏珊感到一阵恍惚。

电梯在-4层终于有了减速的超重感,但是下降的箭头仍然亮着,它的目的地不是这里,而是下一层,-5层——那一层会是怎样的场景?-4层这边已经是富豪的别墅和庄园了,再往下深一层,又会有怎样难以想象的体系?难道……

"我们是要出国吗?"苏珊鼓起勇气问了句。

没有人回答,电梯间一片寂静,时间在沉默中流逝。

"这些人嘴好严……"苏珊心里暗叹一声。

这次的减速超重持续时间好像特别长。

沉默中,不知过了多久,一阵轻微的晃动,然后是几声机器响声,超重消失,电梯终于停住了。

-5层,到了。

"我们要去坐船。"押送者里有人回答。

"坐船?"苏珊以为自己听错了,愣了下,"这里还能坐船?"

"是的。"那人点点头,"坐船,渡海。"

"开什么玩笑!这可是地下!"苏珊觉得自己受到了愚弄,看向那人,却发现那人表情很严肃。

"他没有开玩笑。"押送者中为首那人说话了,"地下各层就是这么分工的，-1层步行，-2层坐车，走公路，-3层坐火车，走铁路，-4层坐飞机，走管道，到最后的-5层这里，就只剩下'坐船、渡海'这个选项了。"

苏珊看着这个为首者，他这番话怎么听怎么像笑话。

但为首者却没有要解释的意思，只是按下电梯按钮，打开了电梯门："好了，你自己看看吧！"

◆ 4 ◆

平行宇宙，普朗克缓冲区。世界树模型前，两个投影意识体的交流仍在继续。

阿胤（以手指拨弄着那个无比宏大又无比精致的宇宙树模型，慢慢翻看上面一片片属性渐变的宇宙叶，尽情领略其整体的超对称性）：大千世界，无所不有——这么说来，我想要的世界也有吗？如果你能给我一个满意的去处，我就过去落脚，不再这样四处游荡。

挡路者艾尼阿克：那就要看你想要的是什么样的人生了。

阿胤：我想继续做科学家，就像这一世一样，做个量子物理学家。

挡路者艾尼阿克：量子物理学家……得好好选一选了，不同宇宙属性各异，科技发展千差万别，有些宇宙的量子力学尚未发展起来，有些宇宙的量子力学和你所知的不一致，有些则干脆没有量子力学，因为他们那里根本观察不到什么量子效应。

阿胤（妥协了）：那就不要量子力学了，随便选一个吧，但要酷一点的，最好是那种不惜一切代价从事科研、对人类科技发展有重大突破的工作。

挡路者艾尼阿克：你就是想继续科研。

阿胤：是的。

挡路者艾尼阿克：这好办，给你安排个高能物理技术高度发达的宇宙吧，这类的好找。

阿胤：但我不喜欢战争，也不喜欢核武器。

挡路者艾尼阿克（点点头）：可以，找一个核物理技术和平发展型的。

阿胤（愣了好久才反应过来，一脸惊喜）：有吗？

挡路者艾尼阿克：有的，有很多，你可以选一个。

雾气再度涌起，阿胤面前宇宙树的图案迅速塌缩，大片宇宙叶隐没了，剩下的几簇以高亮度显示着，在阿胤面前如电影胶片般依次排开，显示着各自的概况。在最近的本宇宙簇里，阿胤看到一个"三足鼎立"格局的平行宇宙，很喜欢，便选了它。

"我必须提醒你，这个宇宙是很久以前就分化出去的，时间线跟你原先生活的那个宇宙差距很大,而且时间的流速也快得多。"挡路者艾尼阿克的声音响起,"简单地说,你一旦进去,就会快速衰老,比亲人们都老得快。即使有机会及时穿越出来,你也无法再融入来时的那个宇宙中了。选择这里,就等于永远地放弃了在原宇宙复活的机会。"

"我不在乎。"阿胤道,他现在所有的心思都放在那个神奇的宇宙上了。

空中出现了一个对话框,上面有"确定"和"重选"两个按钮,挡路者艾尼阿克的声音又响起来:"请再次确认你的选择。"

阿胤的意识体塌缩出一只触手,按下了"确定"按钮,对话框随即消失。

"好了,你去吧。"挡路者艾尼阿克说完,走了,雾气也散去了,世界露出了本来面目——阿胤本以为一切都会变得清晰起来,他能像穿越剧里演的那样继续享受真实生活,最差也应该像坐在驾驶舱里操纵巨型机器人一样流畅地"搭车看景"。结果失望了,他发现自己是被困在一个黑暗的密室里,身边萦绕着各种含糊不清的窃窃私语和意义难明的视觉图像,信息量很大,可是却无法从中理出逻辑性。密室的墙壁摸不到,也看不到,不知道它们在什么地方,距离这里有多远,它们似乎在忽远忽近地变换位置,于是整个密室的状态也变得很奇怪:似乎很大,大得可以装下整个宇宙,又似乎非常小,小得连一颗原子核也容不下……除此之外就什么也感知不到了,密室外面完全是一片混沌，没有任何属性，容不下任何存在，也隔绝一切信息，甚至感觉不到时间的流淌。

阿胤很快就回过神来，意识到这是意识体穿越前的过渡，眼下仍是在量子世界里。

这种情况没有持续多久。

很快，周围的景物渐渐变得清晰起来，"密室"的墙壁也逐渐成形，显出如同宇宙网一般的血脉网络，而阿胤意识体的形态却开始变得模糊，像雾气一样弥散开来。

他知道，穿越正式开始了。

"新生命，新生活，"最后消散前，阿胤默念，"新体验……"

◆ 5 ◆

南河市医院，地下 -5 层。

苏珊看到的是一扇由缤纷光影组成的"门"，夹在金属质的门框中缓缓摆动。它没有实体，只是一个虚幻的平面，薄如羽翼，轻若浮烟。看着它，就像看到了海面，一片从虚空垂下的奇异的海面。

苏珊扭头瞅了眼身边的押送者们——他们方才说要从这里

坐船、渡海——好吧，单从外观上看，这东西确实很像海。

"启动跃迁器。"为首之人下令了，几名押送者上前，激活了设备，于是虚空中泛起涟漪，金属质门框中悬挂的那片"海"缓缓转动起来，化为一团光之旋涡。

见状，苏珊不由得紧张："你们带我来这-5层，就是为了使用这个东西？"

为首的押送者笑了："有问题吗？"

"这，这分明是科幻电影中才有的东西！"苏珊指着那门大叫。

"你认识它？"押送者颇觉意外。

"电影里太多了：传送门、任意门、虫洞，或者别的什么鬼东西，反正很厉害就是了！"苏珊急得语无伦次，"这东西根本就不应该存在的！"

"可它确实存在。"押送者以戏谑的眼光看着苏珊，"所谓科幻电影也都是以现实世界为原型的，不是吗？"

"太悬了，这东西能运送人？"苏珊很不安，它看起来更像是刑具。

"要不然它为什么会被安置在地下的-5层？"押送者的首领反问道，"难道这地下各层不是用来运送人员的通勤层吗？"

"可是-5层几乎从不开放……"

"那只是出于安全保密的需要，但在本质上，这-5层并没有什么特殊的，它依然是对上一层功能的延伸和拓展。"押送者首领说，"这地下各层都是按效率依次递增的规律排列的。-1层为古老的步行层，依靠出行者个人的天然生物能运转；-2层升级为车行代步，依靠机器动力运转；-3层再次升级，变为铁路出行，依靠城市电网电力运转；-4层继续升级为真空管道磁悬浮飞行，依靠地下托克马克装置提供的核聚变能量运转；再往下到-5层这里，升级为时空跃迁门，依靠真空零点能来运转。这样逐层升级，不是很正常吗？"

苏珊直摇头："这个最厉害的东西，藏在最底层……"

"不然还能怎样？难道要放到最上面？"首领反问，"建造时间总是要有个先后次序，越先进的东西发明得越晚，而发明越晚，就只能越往下层排，因为上层的空间都已经被别的东西占了——凡事都得讲究个先来后到吧？"

"就这个？"苏珊不肯相信，这么简单的答复，明显是在敷衍。

首领犹豫了下，道："此外还有安全方面的考虑。地面人口密集，设施众多。各种通勤方式越是发明早，使用的能量就越低、危害性也越小，就越可以贴近地表；反之，越是发明晚的通勤方式，使用的能量就越高、发生事故时危害也越大，而且设备更精密，运行过程要尽量避免外界干扰，就只能往深层安排了……"他停下想了想，似乎是下定了什么决心，于是一咬牙，道，"具体到这个时空跃迁门所在区域，-5层这里已经接近地面下3000米了。这种深度，地面的震动纷扰过不来，太空来的高能宇宙射线也很少能穿透这么厚的岩层,环境很干净;反过来,这一层万一发生高能反应,泄露的辐射也不会威胁地表。这样地上地下两全其美,是最好的安排。"

"地下3 000米?"苏珊被那个数据惊到了,她没想到,-5层居然这么深。

"头儿,我们不用跟她说这些的,都是机密……"一位押送者忍不住提醒首领。

"不,还是说清楚的好。"为首者郑重道,"这姑娘身份特殊,她已经有两个最亲密的人感染发病了,其中一人还是她的克隆母本,与她基因体质高度一致,而她本人到现在还是安然无恙,毫无发病迹象,所以,她身上很可能隐藏着制止这场瘟疫的关键因素,我们必须取得她的信任和配合,才有机会把那因素给找出来。"

"瘟疫?"苏珊听到一个不祥的名词,心头一紧。

"是的,瘟疫爆发了。"为首者说,"很严重的瘟疫。"

"在哪儿?什么时候的事?"

"就在这里,就是现在。你的爱人阿胤,还有你母亲,都是感染发病者。"

"不,阿胤患的是'噬肉菌综合征',那是一种自体感染,内源性的,不是传染病。"苏珊想起医生的话,本能地否认了,

"而我母亲也只是单纯的神经痛。"

"正因为是这样，所以这瘟疫才恐怖。"为首者苦笑道，"你那两位亲人所表现出来的只是同一传染病的两种不同发病状况。这事很费解，它确实是传染病，不过病原体很特殊，不是细菌，也不是病毒、衣原体、立克次体或质粒等，而是一种分子信息素，类似蛋白质病毒，一进入人体就会引发肠道菌群集体骚动。肠道菌群原本的职责是消化分解包括肉类在内的各种食物，在这种信息素的作用下，它们骚动起来，穿过消化道壁四下游走，潜入血液循环系统和神经网络系统大肆破坏，消化分解各种内脏组织，导致病人暴病身亡或昏迷，这才有了'内源性自体感染'的说法。"

苏珊一听这个，脑海浮现起躺在医院病床上的母亲，本能地"啊"了一声，想要返回地面上的医院，却被押送者们拦住了。

"上面的事情，就交给上面的人吧。疾病防控、医院和医生更在行，你去了只会添乱。发病者体内的肠道菌群在搞破坏的同时，也会把这种信息素散到空气中，制造更多的患者。这种信息素是蛋白质分子，体积小，扩散快，任何缝隙都能渗入，传统的防护措施根本拦不住，所以传染性很强。"

"患者现在多吗？"苏珊不安地问，她记得阿胤病逝时医生说过，这病很罕见，可是现在这些押送者的说法明显不是那样。

"非常多，而且是爆炸性扩散。"为首者说，"在诸多因素的共同作用下,疫情发展很快,我们发现时已经晚了……"他顿了下,咬牙道,"几乎所有人体内都检测到了这种信息素,只是浓度上有差异。据此已经基本可以断定,全世界没有免于感染者,发病只是时间问题。目前全球各国政府都已秘密进入紧急状态,将所有力量都充分动员起来,连我们这个部门也参与到了防疫工作中,冲在第一线。"

"这么严重?"苏珊吸一口凉气,忽然想起了对方证件上那个古怪的机构名称,忍不住问,"我从一开始就纳闷,你们所属的这个'时空管理局,反平行渗透调查统计处',是怎么回事?"

"那个说来话长了——你听说过'平行宇宙'假说吗?"为首者问。

"听说过。"苏珊点点头,迟疑道,"所以,你是说……"

"它其实不是假说,而是事实。"为首者言简意赅,"我们这个机构,就是基于这个事实开展工作的特殊海关部门,主要任务是抓捕、监管、遣返那些从平行宇宙渗透过来的偷渡客。"

苏珊听到这里更加困惑了:"可是,你们的工作跟这场瘟疫有关吗?防疫明明是医务工作者的事,难道……"她想到了一种可能,心脏狂跳起来,"瘟疫是平行宇宙的偷渡客们带来的?"

"不,不是。"为首者解释道,"平行宇宙之间有隔离,偷渡客只能送来意识体,也就是量子信息团,物质和能量都送不过来,大块头的病原体自然更不行。我们截获的偷渡客没有散布瘟疫，相反，他们是来传递相关情报帮助我们阻止这场瘟疫的。正是通过他们，我们才找到了应对瘟疫的一些办法，才有了合理的防护措施，我们这群人才能四处奔走。"

苏珊不解："他们不是在别的宇宙吗？怎么会知道我们这里的瘟疫情况？"

"这不奇怪。"为首者显得很坦然，"平行宇宙都是相似的，他们那里一样在经历这种瘟疫，有的已经战胜了它，所以才四处散发'疫苗'，支持邻近宇宙的抗疫工作。也幸亏这场瘟疫是由细菌信息素驱动的，本质上是一场信息战，我们才能跨平行宇宙共享研究成果，以互联网智慧快速解开这种特殊病原体的致病原理。"

"那致病原理是什么？"苏珊听到这里，忍不住握起拳头，她想起了阿胤和母亲，心里满是痛。

"一切的根源在于人体自身的内部矛盾。病原体让人体内部的三根'管子'发生了内讧，瓦解了它们的协作关系。"为首者说到这里停下了，一脸苦笑，"说起来很荒唐，这都好几十亿年过来了，还是头一次发生这种事……"

"三根管子内讧？"苏珊愣住了，心中积蓄的恨意又一次失去了目标。

为首者点点头："消化管、神经管、原血管，这是组成人体生理结构基本框架的三根最基础的功能性管道，简称'三根管子'。在病原体的作用下,它们内讧了——确切地说,是负责物资供给的消化管不想再继续合作,与另外两根管子闹掰了。这三根管子的协作关系瓦解了,生命活动也就崩溃了,人便死了。"

"你等等,我越听越懵了,这到底是怎么回事?"苏珊想起了之前治疗阿胤的那位医生说过的话。

"我们也很懵,毕竟不是生物学、医学专业的,理解起来也很吃力。"为首者侧身一让,手臂前伸,示意苏珊走向那扇已经化为旋涡通道的光影之"门","所以你还是亲自去问吧,答案都在这里面。"

现场的气氛顿时变得微妙起来。

"你先告诉我,这里面是什么?"苏珊看看那"门",又看看四周,谨慎地问道。她本能地抗拒太陌生的东西,如果说上面的 -3、-4 层还让她羡慕、仰视的话,那么这个 -5 层带给她的更多就是不安了。

在地底深处坐船?还要渡海?渡什么海,难道是传说中的狄拉克之海?

苏珊忍不住摇摇头。太玄幻的东西总是很难让人信服,之前押送者们的那番解说,里面那些华丽的排比句法和晦涩的专业术语,更加重了她的不信任。

"你没有资格……"押送者里有人斥责道,结果被为首者制止了。

"方才已经说了,这是时空跃迁门,以真空零点能驱动的。"为首者道,"通过它,你可以在各个跃迁点之间穿梭,瞬间到达另一个站点,比-4层的地下飞行要快捷得多。里面的世界,你看了自然会明白——我们几个会全程陪同的,放心好了。"

苏珊想了想,同意了。

"跃迁坐标点参数,N37-E46-302,立即启动!"为首的押送者给手下随行人员发布了指令,后者随即一阵操作。

"我们的目的地,是在地球的另一面。"为首者扭头,对苏珊道。

苏珊一怔,去的地方,比她想象的还要远。

能瞬间到达地球另一面,这东西真的是"任意门"。

它是最酷炫的出行方式,没有之一!相比之下,-4层那个号称3小时就能环游地球,有着"地下飞机"美誉的真空磁悬浮管道运输系统简直弱爆了。

看着押送者们熟练地操作调试设备,设置跃迁参数,苏珊心中忽然一动:"你们似乎对它很熟悉?"

"当然,它就是我们日常工作的单位,'平行宇宙海关'。"为首者看看那门,又回头看看苏珊,神秘一笑,"穿过它,你在跨越地球附近引力井空间的同时,还有机会泅渡狄拉克之海,接触另一个平行宇宙。"

苏珊这才恍然大悟。

这些人的工作单位，原来就是这 -5 层！

◆ 6 ◆

平行宇宙，河洛龙门。

一条大河横贯东西，今天河面上有些雾气，远眺可见捕食的白鹭隐现其中，宛如仙境，而右岸的龙门石窟巍然耸立，每一尊石像都正襟危坐，姿态庄严，仿佛知道自己正在见证一场大事件的发生。

这个星球有史以来最伟大的三大神级设备，即将在此"会师"：来自南方的号称能实现物质与能量自由转换的质能转换器；来自北方的据说能瞬间接通任意两个地点的虫洞任意门；来自西北的能够"隔空施力"的力场发生器，都已经铺设到了河洛地区，照现在这进度，再有几天，它们就会在龙门碰头。

力场发生器的总工程师阿胤，此刻简衣素服，敏捷地攀走在山峦之间，一边反复观察周围的地形地貌，一边和电脑上看到的数据对比，寻找最佳的基站安置点。头顶上不时有激光测绘无人机飞过，远处地平线已经隐隐看见一些金属巨物的身影，不时传来的阵阵隆隆声说明工程正在紧锣密鼓地推进。

阿胤把周遭景物都看在眼里，内心忧喜交织。这里的建设气氛很浓，看起来是个能干大事的好地方，但三大工程汇聚之下，对各种资源的争夺也会空前激烈，很多事必须未雨绸缪。他主导建设的力场发生器是这场"会师"的主角之一，为了实现阶段性的"超远距多点聚焦施力"，加快建成太空电梯，整个团队已经耗费了太多资金和精力，经历了太多失败，从上到下都很累。外界的意见也很大，集团那边更是有声音传出，要求中央停止该工程，重启长程火箭发射……最后他不得不跟上级立下军令状，保证"下个基站一建成，卫星就能上天"，这才保住了工程项目。

成败在此一举了，他必须拼一把！他没有资格退缩。

水面上忽然传来的一声鸟鸣声，把阿胤的思绪带回了现实，他看看四周，再比照一下相关数据，意识到自己必须马上动手，抢占这个位置。力场发生器需要在这个位置设置一个重要的校准基站，万一下手晚了，被另外两大工程方给占去，可就遭了——同为国家重点工程，中央一向是一视同仁，发生占地纠纷后，自然是"先到者先得"。

先抢到，就是你的。

这时山顶忽然传来说话声，吸引了阿胤的注意，他循声望去，发现有两人正越过山顶，结伴而来，其中一人矮胖身形，肥头大耳，一副富商模样，另一人则身形健硕，西装革履，风华正茂。

阿胤的眼睛眯了起来。

真是"冤家路窄",居然在这里碰到了同行!那两人不是别人,正是另外两大工程的负责人——矮胖那个姓嘉,主导质能转换器的研发;身形健硕那个叫刘佳,是虫洞任意门的总工程师。他们,是阿胤最不想在这里遇到的人。

"嘉先生,你工程择址没问题,但别跟我争就行!"刘佳边走边跟姓嘉的那人说道。

听了这话,阿胤心里咯噔一声,暗叫不妙。看这样子,质能转换器那边已经有人先动手了,而且做得更狠……该死的,被他们抢到前面去了!

肥头大耳的嘉先生笑笑:"我跟你争什么呀,这地是你的,写你名字啦?"他说话时注意到了阿胤的存在,于是招手示意。

阿胤脸上一阵红一阵白,心中有一种想要打人的冲动。"同行是冤家",这话还真是亘古不变的真理……

阿胤愣神的当口,那两位已经走到了跟前,其中那位毒舌刘佳主动伸手过来,打了个招呼:"这么巧?"

"你怎么也来了?"阿胤没有回应刘佳,而是看向旁边的嘉先生,这个富态的南方人是出了名的难对付,做起事来一向胃口很大,不给同行留余地。

"我不能来吗?"嘉先生反问,眼里闪烁着捉摸不定的光芒,显得很警觉。

"这块地……"阿胤迟疑了,不知道该不该说,但职业本能还是让他说下去,"力场发生器需要在此建设基站……"

"这块地,当然是我罩着了!"刘佳哈哈大笑,"你们两个都来晚了,我上个月就已经来实地踩过点,申请报告也递上去了,已经获批。"

阿胤这下是彻底呆了,看着张狂大笑的刘佳,哑口无言。

"据我所知,你们才只是批了一个部门而已,硬骨头都还在后面呢。"嘉先生给刘佳泼冷水,然后转头冲阿胤笑笑,递来一个玩味的眼神,"这小子,动手可真快……"

阿胤读懂了那眼神,还有那潜台词。

这位嘉先生,想要和阿胤这边合作,二打一,共抗抢得先手的刘佳。

"河洛风光,表里山河,真是个好地方啊……"刘佳以一副胜利者的姿态陶醉地环视四周,似乎想弥补上次踩点时走马观花的遗憾,那得意的神情让另外两人越看越恨。

"缘分啊,兄弟!"他猛地拍了一下阿胤的肩膀,"难得你也会看上这块地方,这样吧,我那边的规划里有许多暂时用不上的冗余部分,要不,咱们一起商量下?你知道的,我这人不贪,喜欢合作,不像某些人,"说着,瞟了一眼嘉先生,"总是吃独食。"

"不必了,我这边已经为此规划准备很久了。"阿胤礼貌地笑笑，推开了刘佳的手，他可不会落入这么明显的圈套里，三国游戏，不站队才是最弱者的最佳选择。

"让我猜猜啊，"刘佳没有放弃，故作姿态地用手托着额头，眼睛眯了一会儿，然后睁开，指着阿胤问道，"你是想划一块力场基站建设用地？"

"对，很大一块地。"阿胤半开玩笑地点点头。

"有多大？"

"我只能说，非常大。"

"没问题，整块地都给你也行！"刘佳道，"但是地下的部分，你都要留给我！"

"地下都给你？这是哪门子道理？"阿胤下意识地说，他还从没听说这样"分地"的，占了地却不让动地下，地基都打不了，难道要建在半空中啊？

"他想要的是当地的电力资源。"嘉先生解释道，"城市地下管线里输送的全部的电力资源都归他——这胃口，可不比我小多少。"

阿胤想起关于虫洞任意门是"超级电老虎"的种种传闻，浑身一寒，连连摇头。如果真按刘佳这个方案来，当地电力供应全归了虫洞设备，那么力场发生器基站就算建成了也是一堆废铁，除非自己另建电厂，而且输电线还要高架，不能走地下。

"你又来了,我已经很克制了好不好!"刘佳面向嘉先生,大声嚷,"我只拿电力而已,其他的秋毫无犯!不像你们,整个产业链都要吃下,跟所有人抢饭碗!"

"但我们这边是真的在制造东西、创造财富,而你那边却一直是纯消耗,无作为。"嘉先生反驳道。

"胡说,站在全局角度,我们是必不可少的!"暴脾气的刘佳立刻怼了回去,但语气却弱了很多,"我们调剂贫富,沟通南北,把全国连为一个整体……"

嘉先生点点头,转头看着阿胤,眼神里没有了之前的警觉,只剩下朋友般的坦诚,语气也变得很温和:"其实改进力场发生器,除了单纯的铺地盘以外,还有许多更好的办法,比方说,增加单个基站的发射功率之类的。"

"惭愧,我能做的只有这些了。"软肋被揭,阿胤顿时感觉不好意思。

"那么麻烦干什么,"刘佳看着阿胤,插嘴道,"不就是为了发射卫星嘛,交给我好了。只要能量够,直接就给你投放到轨道里,瞬间即达!"

"重要的不是结果,而是过程。"阿胤笑着摇摇头,这个刘佳明显是揣着明白装糊涂,众所周知,眼下力场发生器兼顾运载火箭,只是一种科研手段,不是功能定位,更不是最终目的。以"托升卫星入轨"的方式来磨合完善超远距多点聚焦技术,是为将来的太空电梯做铺垫,再往后,则是建设科幻电影中才有的"国土防护罩"甚至"地球防护罩"。

"吹牛吧!你那个虫洞能送卫星?"嘉先生也对刘佳的说法充满质疑,"先不说你'空投'卫星时搭建的那个虫洞尺寸有多大,能耗有多高,稳定性要求有多苛刻,就算能量够用,你也安全地把卫星送过去了,其他国家会怎么看?你今天能空投一个卫星到轨道上,明天就能神不知鬼不觉地把一颗核弹送到人家首都,他们能不害怕?还不马上打起来?"他振振有词,"大家和谐相处不好吗,和平竞争不好吗,为什么总要弄些吓死人的东西?"

"我说,你们没必要把它想那么坏吧?"刘佳忍不住翻了嘉先生一眼。

"这运载火箭技术从一开始就是和核武器捆绑在一起的,"阿胤说,"它们实际上都是各国心照不宣的'核弹投弹手'。"

"连你也帮腔!"刘佳大叫。

"我只是实话实说。"阿胤道。

"还好你的虫洞任意门现在只能传送微型部件,不能送大件,而且只能短途传送,否则战争早就爆发了。"嘉先生阴阳怪气地说。

"好吧,随你们了。"刘佳再次伸手过来,"底牌我已经摆到桌面上来了:这块地,我捷足先登了,后续的手续审批中,我方'近水楼台'的身份也会体现出来。但这地我不全占,你们有意合作的话,我伸出的这只手随时都在这里。"说话时,他看着阿胤和嘉先生。

他那个虫洞任意门扎根在北方,有很多优势:供电网络已延伸到北方两大能源基地的每一个角落,拿下河洛这"最后一隅"也是势在必得,至于主机,干脆就设置在首都,与另外两大工程相比,更像是政府的"亲儿子",孰轻孰重一目了然。

"我方资财丰厚,即使不用政府拨款也能独立建设下去。"嘉先生也伸手过来,却没有和刘佳握在一起,只是自顾自地说着,"我方的产品,不论是独步全球的垃圾发电还是各种高纯度的原材料,都牢牢占据世界产业链分工的最上游,合作商遍布世界各地。即使是当下尚不成熟的原子级 3D 打印技术,国际资本也趋之若鹜。选择我方,就等于是拥有了整个世界的资源。"

与刘佳相比,他的声音不大,但语气中的自信更胜。在他眼中,根本没有什么"近水楼台"。决策者不是傻子,不可能一直给一个"收益不大,风险却很高"的项目烧钱,对于国家而言,一个能持续运转并源源不断产生效益的工程才是好项目。眼下他的质能转化器已经隐隐占据了整个人类制造业的最顶端,这一点谁也不能忽视。

刘佳和嘉先生,同时望着阿胤,目光殷切。

他们都想争取阿胤的支持。

而阿胤则同时握住了他们的手,果断地当起了和事佬:"大家都是自己人，何必闹得这么不愉快呢？再说也没有什么根本性的矛盾，不是吗？其实大家都是在为国出力，两位先帮我把火箭送上去，看看效果如何，再谈下一步与谁合作，如何？"

"就你最狡猾！"那两人齐声道。

就这样，三大工程在河洛的会师，开始了。

◆ 7 ◆

原世界，-5 层，时空跃迁门打开后，苏珊跟着押送者走了进去。

跨进大门的那一瞬间，旋涡状的通道包裹了整个世界，上下左右全是旋转的光影，苏珊下意识地回头，向来时的方向望去，发现入口还开着，顿时感觉自己就像是一个被海浪卷进去的冲浪者，不禁出神。

"别看了，都是残像。"押送者首领说，"入口早就关闭了，我们看到的是视界残像，也就是被强大引力迟滞了的光线所成的像，事件本身早已结束。"

一听这话，苏珊心里涌起一阵不安，小心地问："那我们现在……"

"我们都在跃迁通道里。"押送者回复，"入口本身是纳米黑洞组成的环形视界面,它接通了狄拉克海洋,也就是我们现在所处的世界。我们现在是乘着洋流,也就是狄拉克虚数海里的定向塌缩漂流。"

苏珊看着周围,发现一层薄膜将大家包裹起来,与周围的旋涡状光影隔离开。如果不出意外,这层起防护罩作用的薄膜就是所谓的"船"了吧?在-5层这里,就是用这个让人泅渡狄拉克虚数海的,暂时还看不懂它是什么原理,记得阿胤曾经说过,量子力学上可以用内向自我观察来抵御虚数化,从而划开塌缩区与量子区的界限。

外面的量子区,就是所谓的狄拉克虚数海了吧?看似一片模糊,但视线扫过去的地方就会变得清晰,而视线移开后一切就又变得模糊,所有的景物都开始跟人玩捉迷藏。苏珊看着薄膜外面变幻莫测的光影,一阵恍惚,她还是第一次看到这种神奇的场景,传说中那无实体无实在的量子世界,原来是这个样子。

"我们还要走多远?"她问了个很笨的问题,引起了押送者们的笑声。

"在量子世界里,距离是没有意义的,所以不能问还有多远。"为首者耐心地纠正她的错误,"这是跃迁,不是普通的交通,我们跨越的不是宏观的空间距离,而是微观意义上的量子位。由此就引出-5层时空跃迁交通的一个特殊属性:它不仅不消耗能量,还能给我们提供免费的能源,即所谓'真空零点能'。如你所见,任意两个跃迁点之间跨越的是量子位阶,它们之间会随着狄拉克海的随机涨落而产生大小不一的能级差，而有了能级差，就可以产生能量流动，因为量子世界的随机涨落是时刻都在进行的，所以这能量也就无穷无尽。所有这些跃迁点在闲置时都可以作为能源站使用。许多高层建筑下都设这个，就是为了捕捉真空零点能为己所用。这也是 -5 层这么普遍的原因之一。"

"原来如此……"苏珊感叹。

"这 -5 层可以用来供给能量，从这个意义上说，'能源管道层'的名字也不能算错。"为首者看看苏珊脸上的表情，笑着补充道。

苏珊心中恍然，但她忽然想起了之前听阿胤说过的量子世界的一些特性，不由得有些担心："那我们这样漂下去，会不会迷路？"

"不会迷路的，着陆点那边与我们的跃迁出发点之间建有稳固的量子通道，以纠缠量子做纽带，时时刻刻都有导航。"

"纠缠量子做纽带？"苏珊感觉不可思议，目前人类能做到的纠缠量子最多也就几万对，那数量，连组装个病毒都不够，怎么能作为两个跃迁点之间的纽带，传输十来个人？

于是押送者给苏珊详细地讲解了狄拉克虚数海的相关原理。所谓狄拉克虚数海，实际上是时空流本身的一种表现形式，它是超流体，绝对自由、能没有任何束缚的流动。这种流动是沿着量子位进行的，如果两个时空点处于关联量子位，比方说，它们是一对纠缠量子，那么超流态的时空流就会自动在这两点之间形成闭环环流，即狄拉克海洋流，跃迁者们就是利用了这一点，在两个跃迁点之间漂流。

"就像磁铁的 N 极 S 极之间形成磁感线环流一样，"为首者说，"我们是用纠缠量子在狄拉克海里搅起一个闭合环流，然后把漂流艇放进去，从而在两个跃迁点之间流动。"

"那这种跃迁漂流，跟你们之前说的平行宇宙有关系吗？"苏珊想到了一直憋在心里的那个问题。

"你很快就能看到了。"为首者道。

苏珊正要追问，随后看到外面的异常景象，注意力立刻被吸引过去。

原本单向延伸的旋涡状光影通道，居然通向了一间气势恢宏的光影大厅，大厅的墙壁上布满了密密麻麻的岔路口，每一个都通向不同的方向——看到那些岔路口的瞬间苏珊就明白了，它们都是通向平行宇宙的，众多平行宇宙的跃迁通道因为某种原因交汇于此，形成了一个如大厅般的交通中枢，就像宏观世界的立交桥一样。

这里岔路很多，苏珊正担心会不会走错路，漂流艇径直冲向大厅对面墙壁上的一个入口，一头扎了进去，继续前行。接下来又遇到几个类似的交通中枢，漂流艇还是这般自动导航，就像是被某种神秘的力量牵引着。

"我们有自己专属的轨道，不会走岔的。"为首者解释道，

"这是时空屏障,不同的平行宇宙间存在特殊的相位/相角差,只有光量子才能穿过,所以只能看到,却走不到——我们过不去,他们也过不来,只能各走各的道。"

"既然他们过不来,那你们设这个'海关',还有什么意义?"苏珊问。

"东西和人虽然送不过来,但是能看到,信息可以过来。"押送者中有人回答。

"只是信息而已。"苏珊忍不住嘟囔。

押送者们苦笑:"信息已经够麻烦了……"

"我没看到麻烦在哪儿。"

"那是你还没遇到合适的'异界受体'。"押送者说。

"什么?"苏珊刚想问,忽然脸色变了——漂流艇又一次闯入一个交通中枢大厅,这次他们这一行人不再是孤独的旅客,斜前方飞来一艘来自平行宇宙的漂流艇,也正经过大厅,细看时,只见上面坐着和他们这边一模一样的乘客,其中也有一个苏珊,一个来自平行宇宙的苏珊!

"现在,你遇到了。"押送者说。

那艘来自平行宇宙的漂流艇,和苏珊所乘的这艘,航线是交叉的,两艇对向而行,看运行趋势,有可能会撞到一起!

"要碰撞了!"苏珊紧张地叫起来,"快减速,注意闪避!"

押送者们无动于衷。

对向来艇距离迅速缩小,航向愈发明显了:果然是要撞上的!

"你们怎么不躲?"情急之下,苏珊一把抓住了旁边的押送者。

"躲不了的。"被抓的押送者一脸平静,"事实上,我们现在什么都做不了。刚才已经说过了,我们目前只能按照预设航线在狄拉克虚数海里随波逐流,而无法主动航行,我们不能转向,也不能加减速。"

"也就是说,对于这类'撞船'事件,我们避无可避。"为首者说,"而这,正是我们带你来 -5 层的目的。"

在苏珊紧张惊讶的目光中,两艘漂流艇无声地撞在了一起……

◆ 8 ◆

平行宇宙,河洛龙门。

阿胤、刘佳和嘉先生三人的抢地战在升级,不过一支烟的工夫,较量的领域便从那块地的"天然默认归属权"转移到了三大工程各自的技术可行性,然后又转移到了他们各自背后的人脉网络的比拼上。但这注定是一场没有结果的争执,三大工程每一个都牵扯到了从上到下诸多相关部门,所涉及的机构和成员极为复杂,每一个建设进程都极为漫长,投资极大,技术门槛极高,能一直走到今天,都离不开背后那个坚强而执着的组织团队,要让那些人相互服从对方,绝不可能。

"除了心中的梦想,没有任何东西能让我们低头。"阿胤领导的力场发生器团队是一群骄傲的理想主义者,这些人来自五湖四海,为了心中那份淳朴的科学理想而远赴西北,埋头苦干。这些人普遍认为人才储备和基础科研是发展的基石,要强国就必须走"人和"道路。他们组成科技振兴联盟,以大西北为起点,用自己的汗水和热血,硬是在无数个生命禁区里搭建起一座座挺拔不屈的力场基站,组建了世界上第一个也是唯一一个持续运转下来的力场网络,将物理学上的各种作用力剥离物质载体,以最纯粹、最简洁的方式呈现出来!他们将科学还原成了数学,实现了所有科学家的终极理想,也将整个人类的科研事业提升到了一个全新的层面!眼下他们的太空电梯项目已进入关键阶段,他们将用一根根无形的"力场支架"将人造卫星推入轨道,而在未来,随着项目的推进,他们还打算用一层无形的能量场罩守护整个亚洲乃至地球,以保护人类免遭来自外太空的威胁……

如果说力场发生器团队是群孤傲的理想主义者,那么,刘佳领军的虫洞任意门团队就是一群永不止步的完美主义者。为了打破时间与空间的天然阻隔,刘佳的团队从政府争取到大量资源,以世界最前沿的纳米黑洞和人造虫洞技术为基础,搭建起一套只有在科幻动画片中才会出现的完美交通工具:"任意门"

系统。这是一套无视空间距离甚至无视光锥原则的逆天设备,任何东西从入口投进后,转瞬即达出口,无论距离远近!比"突破光锥限制"更绝的是,它无处不达、无孔不入,出口端的位置可以自由移动,能在任何地方出现!最初其移动范围很小,随着设备的更新和扩建,范围逐渐扩大,到现在,整套设备初步建成,已经能在不同区域间自由定位出口端了——巧的是,这范围也正是该系统能源供给网络的范围。该团队很聪明,据此对外宣讲"电源线伸到哪里,出口就能开到哪里","没有到不了的地方,只有撑不住的电网"……

嘉先生的那个质能转换器团队则是一群不信邪的现实主义者,凡事不做则已,一做就要做绝,做到极致。他们来自南部地区,那里原本就是制造业中心,在工业制造业上下的功夫也最深。他们以此为基础,弯道超车实现产业升级,研发出一套可以重新造物的质能转换器系统——这是一种原本只该存在于科幻小说家想象中的神器,人类的制造业,到这一步已经是巅峰境界,进无可进:炉芯核心区的反应温度堪比宇宙大爆炸,任何原料、废物甚至垃圾投进去,都会彻底分解为纯能量释放出来,或者崩解重组为精确到原子级别的3D打印产品吐出来,其中每一颗原子核都是由能量重新凝练而来,是全新的。到这一步,人类文明可以说一只脚已踏入神级门槛,堪称造物者了。

三个团队,三大超科技产品,三人会师河洛,都认为自己的技术更重要,都不想做出让步。

三人各执己见，争得面红耳赤……最终不欢而散。

◆ 9 ◆

原世界，地下 -5 层时空跃迁通道。

一行人已经成功到达目的地，"登岸"了，但苏珊仍旧沉浸在"撞船"带来的冲击里，整个人显得失魂落魄，其他人呼唤了好久还是不见起色。

押送者首领说的对，仅仅是信息，就已经够麻烦的了。

狄拉克虚数海里跨越平行宇宙的"撞船"，不会导致交通事故，双方之间存在相位/相角差，只会交错而过，完全没有任何损伤。唯一能传递的相互作用是微观的量子扰动，以及与之相关的细胞膜电位，神经突触中的化学键及脑回路脉冲信号等，这让智慧生物在相互交叠的瞬间可以共享信息——苏珊就这样和另一个宇宙中的自己交流了思想。

那是种瞬间、海量、多维的精神交流，足以把初试者的世界观摧毁。

-5 层交通开通之初，经常有人因为这种"思想碰撞"而精神失常，甚至发疯，于是不久后官方便关闭了这层的民用交通端口，只保留其能源补给功能。要使用-5层时空跃迁功能，首先必须是经过特殊训练的官方人员，还要持有通行许可证，押送苏珊的这批"海关人员"就是这样，他们明显有相关经验，应对起来很沉着。

但苏珊就不行了，她脑子乱得像一团粥。

"撞船"让苏珊瞬间获得了海量的记忆和知识，它们和苏珊脑子里原有的知识混淆在一起，理不出个次序和逻辑。苏珊无法分辨哪些是自己原有的记忆，哪些是被输入的，原有的世界观也全乱了，两套相互矛盾的认知体系纠缠在一起，让她陷入了一种类似精神分裂的恍惚状态，看什么都觉得不对劲，总觉得整个世界处处透着怪异，又似乎体现着某种规则。

一切都变了。

过去许多司空见惯的现象，此刻忽然有了全新的描述和解释；之前诸多百思不解的困惑，现在忽然大彻大悟；曾经分外简单的诸多事物，忽然变得深奥复杂；而以往觉得复杂不可解的现象，眼下正变得清晰简洁。

苏珊知道，自己正在获得新的认知。

备受关注的"三根管子"相关知识也在其中。这是一套简洁高效的认知体系，源于生物学却不局限于生物学，它能解释从生物学到医学，再到社会学乃至宇宙学的诸多系统现象，让观察者化繁为简，去伪存真。

她据此看清了许多事情的"真相"。

比方说,她突然失去的男友,阿胤,其死亡的原因是神经管和原血管天生过强,成年后智力和体力过度发展,大大超过了消化管的营养供给能力,时间一久,三根管子间的协作关系终于维持不下去了。消化管因不堪重负而破产,结构崩解,失去约束的肠道细菌侵染并破坏了另外两大管路系统,导致诸多脏器损伤,整个人的生命也便终结了。至于押送者提到的那种所谓"肠道菌群信息素",只不过是起了个催化剂的作用,不是根源。

也难怪那医生救不回来他,这不是医术的问题,而是体质的问题。"医治不死病,佛渡有缘人"。遇上过耗必死的体质,华佗再世也不行。

她感慨地回想起阿胤那健硕的倒三角身形,还有那羡煞旁人的八块腹肌,最让人惊讶的是,这样的一位健美先生,其真正的职业,居然是一位科学家,研究的还是业内公认最耗脑力的量子物理学!奇迹的根源在于生理属性,阿胤天生强大的原血管分化衍生出了硕大的胸腔和强悍的心肺,以及强劲的肌肉;他那同样天生强大的神经管,内核神经元分化衍生出了发达的大脑、灵敏的感官,外围的神经鞘则钙化固结为强健的骨骼。两相结合,让他的体力脑力相得益彰,运动思考样样棒,成为优秀男子的完美样板。

但这样的光鲜背后,却也潜伏着巨大的风险。原血管系统和神经管系统都是高能耗的,发育越完善,能耗越是指数级上升，再强的营养供给也跟不上，何况阿胤还是那种天生消化管就弱，蠕动缓慢的。他的生命绽放得越精彩，凋谢起来也就越快。

古语有云，金无足赤人无完人，天纵奇才多英年早逝，也许就是这个原因吧！

苏珊再看看自己，忽然明白了那么优秀的阿胤为什么会爱上傻乎乎还身材走形的她。她天生消化管功能强大，肠道菌群特别能干，营养过剩，于是体内脂肪大量积累，在消化管的中枢位置也就是腹腔区域积累的尤其多。成年后这种状况愈发明显，她的肚子、屁股和大腿都膨胀得圆鼓鼓的，长成了典型的"梨型身材"。阿胤第一眼看到她，就立刻被吸引了，身为量子物理学家的他不知道这其中的生理学原理，但天然的择偶本能在冥冥中指引他找到了与自己生理属性最为互补、能合力生下最健康后代的那个伴侣，梨形的苏珊。

生育，亿万年来都是遵守"折中"原则，这是无数物种在生死之间找到的道路。

于是苏珊和阿胤相爱了。苏珊爱慕着阿胤的强壮和聪明，阿胤宠爱着苏珊的丰满和任性，两人在一起，其乐融融。

所谓缘分，所谓爱情，原来就是一种基因互补配对的优生学策略。

原来如此——苏珊一阵感慨，早知这样，当初相遇时何必那么迷醉，失去时又何必那么伤心？反正——她笑了——反正我天生就是孤雌生殖的特殊人群，我不需要丈夫，我的孩子也不需要父亲。

我，不需要爱情。

苏珊感到一阵恍惚，整个世界与她的联系忽然断了一根，而且是最重要的一根，顿时变得陌生了许多，不再那么可爱了。

爱情已然如此肤浅，那么亲情呢？

她眼前浮现起"母亲"和"妹妹"的样貌来——那两人虽与自己基因相同，体质却差异很大，体内三根管子强弱各不相同。刚得知自己属于孤雌生殖人群时，她也困惑过"这个基因单一的族群为何能一直延续下来，没有被病菌团灭"，现在明白了，先天基因相同的情况下，后天的体质也是可以不同的，营养、年龄、肠道菌落等诸多因素都会影响体质。

她的"母亲"是母本，和她一样，消化管也是天生强大，肠道菌群特别能干。不过，母亲年轻时体育锻炼多，成年后又长期从事体力劳动，原血管系统的能力也被提升了上来，只有神经管相对较弱，所以才会长期饱受各种骨病关节痛和神经衰弱的困扰。此番发病，是因为感染了死者体内散发出来的那种信息素，肠道菌群收纳信息素并从中解读出"肠道灭亡了，赶紧逃命去吧"的内容，从而大批量外逃。因为母亲的肠道原本很健康，结构完整严密，所以真正跑出去的肠菌并不多。渗透到原血管里的那些，很快就被血液里的免疫细胞发现并干掉了；但渗透进神经管系统的那些就难处理了。母亲的那套管路系统本来就很弱，经不起折腾，这才出现突发性的脑炎，陷入昏迷。

至于那个妹妹，也就是苏珊的"副本"，也是消化管强大的基因属性，但因为年龄太小，所以和所有的婴儿一样，正处于神经管系统超前发育的状态：头部所占比重很大，感知过敏，稍有不适就哭闹个不停，整个人就是"一个夸张表达各种需求的大喇叭"。相比之下，另外两套管路系统却又弱得要命，连基础的生命维持都做不到，需要母亲不停地维护调试。两相结合之下，妹妹便成为一台随时都会出现各种 bug，无时无刻不在发出维护请求的多媒体电脑。苏珊以前不堪其扰，一度恨极了她，现在释然了，毕竟所有人都是这么来的，生理性的早产，胎儿期神经管优先发育，这是人类进化为智慧生物所必须承受的代价。

苏珊暗叹一声。看开了，也就释怀了。

亲情，源于基因的相似和差异。因为相似，所以他（她）成为你的副本，让你有必要去保护他（她）；因为差异，所以他（她）走上了另一条试错道路，你有必要去关注他（她）的动向和成败。所谓亲情，所谓亲缘，原来就是一种基因扩散的变异现象。

原来如此——苏珊苦笑，早知这样，当初何必一直遵守母本的社交约束呢，反正基因总是要变异的，她不可能一直走在母本的旧道路上。

苏珊再度感到一阵恍惚，整个世界与她的联系又断了一根，现在越发陌生了，甚至有一种疏离感。

但她知道，这还没完。

人类的三种情感里，爱情亲情都已经看破了，那么，剩下的友情呢？

她搜索了整个记忆，却找不到对应的素材。她没有朋友，也没有友谊体验。她身份特殊，母亲出于保密需要，从小就禁止她和同龄人交往，从小到大竟没有一个朋友。阿胤也许是她第一个朋友，但友情早已被爱情淹没了，后者扎根于更深层次的本能中，更强大。在阿胤之后，跟她交流最多也最坦诚的……就是救治阿胤的那个医生，还有这群押送者了。

那个医生，从体型上看，应该是原血管较弱型的——苏珊印象中，他的肩膀并不宽大。这体型意味着胸腔不大，原血管的核心部分（心肺）也就发育不充足。原血管弱了，性格中的暴力冲动也就弱，更耐得住性子，对各种粗暴侵犯和刻意伤害的耐受力也就更强——苏珊回想起自己因情绪激动而抓疼那医生手的情景，歉意地笑笑，脑海中医生的形象退去，切换成眼前的场景，于是那帮押送者的身影呈现了出来——此刻他们正围在四周，试图唤醒她。

这些人，与那医生相反，是典型的暴力干预派。医生们都是神经管发达，感知敏锐，天生能与他人共情，这些特工却都是神经管钝化，麻木狠辣，为达目的不择手段；医生们都是消化管发达，性格乐天豁达，善于排解压力，这些特工却都是神情冷峻身形消瘦，一望而知经常压力山大茶饭不思。

眼下，这些人正焦急地忙碌着，试图唤醒苏珊的意识。苏珊人是押来了，可是任务并没有结束，一个意识不清醒的苏珊是没办法交差的。

"苏珊，苏珊，你醒醒！""能听到我说话吗？好，注意深呼吸。""拉住我的手，告诉我你现在的感受。"他们紧张而专业地呼唤着。

身体知觉在恢复，苏珊知道，是时候回应了。

"好了，我没事了。"她缓缓地吸了口气，站了起来。

押送者们顿时都松了一口气，为首那人开始通过领口电话联系上级，其他人默契地各自站定方位，审视周围环境，医护人员和信息员则继续守着苏珊，负责看护。

苏珊也没有闲着。

意识整合完毕，认知正飞速提升，苏珊眼中，周围的押送者和每一个景物都不再孤立，而是像蘑菇一样延伸出无数菌丝连接到世界本体，其内部结构也和世界的宏观结构一一对应，是"小"与"大"的相互映射，牵一发而动全身，带有音乐般的韵律美感。她心中一动，视野瞬间放大，于是世界的整体结构也呈现了出来。

那是一个婆娑世界。

所谓婆娑,就是缺憾的意思。苏珊看到的不仅是世界的整体结构,还有其底层的运转规则,也就是各种科学原理。她发现,这个世界的宇称是破缺的,人的体质是不均衡的,生物性状是不稳定的,所有的自在事物都无法自洽,就连时空因果关系也是非线性的,达不到完善对称的状态。但另一方面新陈代谢却很快,一切事物都在不停地生生灭灭,每一场生灭,都将破缺和非线性进一步延续下去。看样子,这个世界将永远无法完善对称。

这样一个不标准的宇宙,为什么会存在,还延续了这么久?

苏珊又一次困惑了。

她再度定睛看去,试图看得更清楚些,却发现世界的景象在清晰到一定程度之后,反而扩散出影影绰绰的残像,变得模糊,似乎是失焦了。重新调整观察视线,还是这样,极致清晰之后就开始模糊,那些残像还都排列成行,向远方无限延伸。

她最初以为是幻觉,随即又否定了这个念头,因为那景象不是眼见的景物,而是头脑里加工出来的认知图景,是世界的本质真相。

也就是说,世界的本质,在清晰到极致后就开始模糊?

好奇怪……

这时,押送者们已经扶着她往前走了,刚才"-5层乘船渡海"的经历缓缓浮现在脑海中,一个名词跳了出来,让她恍然大悟：平行宇宙！

她看到的排列成行的残像，原来是平行宇宙序列！世界的本质在清晰到极致后变得模糊，是因为本宇宙并不唯一，附近还有一长串平行宇宙，同时所有的平行宇宙都是相互联动的，这种联动性直接体现在宇宙运转的最底层机制上。也正是因为这种底层联动的传递和延续，让本宇宙以破缺的形态维持了下来：邻居们都破缺，都婆娑，它自然也无法圆满。

但这还不能算是答案，因为它没有解释破缺的起源。

眼下押送者们仍在带路，似乎还要走一段距离，于是苏珊的视野再度调整，试图寻根究底。眼见的景象继续模糊下去，平行宇宙层层叠加，联动链越伸越长，最后还蜷曲成团，以一种语言无法描述的高维形态折叠起来，变成了一个平行宇宙簇。该宇宙簇似乎在不停地承受外来冲击，里面的平行宇宙频繁地分裂、凋亡着，每一种破缺形态都能对冲抵消一种特定的外来伤害，所以它们才天生破缺，而且每一个都在破缺渐变网络上占据一个特定的位置，以确保所有相位全覆盖，所有冲击全拦截。冲击和对冲持续进行，该宇宙簇整体的组织结构也持续地破坏/修复着，这一过程中产生的信息量非常大，烈度非常高，但却找不到对外的信息传输通道，似乎是不想刺激到外界。

苏珊彻底无语，自己所在的宇宙，居然是这样一个"光挨打不出声"的受气包？这不是跟眼下的自己一样了嘛……

她失望地退出了平行宇宙视野，最后一瞥，意外地看到了那个宇宙簇的高维拓扑结构，那是摊开的一片不规则形状，分为大小两半，竟然有点儿像人体内的肝脏。

肝脏？

"这宇宙，居然是生物型的？"

原来如此……苏珊慢慢琢磨，若此处为肝域宇宙簇，那么自己应该就是储存在肝脏中的血细胞了。方才在-5层渡海时，自己和平行宇宙中的受体在狄拉克虚数海里进行的思维碰撞，就是与流经肝组织的"血液"进行交流。那个异界受体身上携带着的，眼下正被自己解压出来的，其实是来自"全身"的信息。

苏珊不由得感到一阵敬畏。

而这时，一行人也走进了一个巨大而空旷的会场，停下了，开始交接。

苏珊一边看周围的环境，一边继续在头脑里整理思路，她知道了自己的由来，以及自己这个族群为什么会是孤雌生殖——苏珊一族实际上就是狄拉克虚数海运载体系的主要乘客，她们是传递知识的信使员，如果把-5层那种狄拉克海通道比作平行宇宙世界的血管，那么苏珊一族就是红血球——生物体内所有的红血球都是孤雌生殖的，因为繁殖速度很快，同时异变率很低。刚才在狄拉克海这次碰面，异界受体带给苏珊好多"氧气"，于是，宅居蛰伏已久的苏珊被激活，觉醒了。

但苏珊随即感到一阵惶恐,她知道,自己现在所携带的知识很危险。生物体内红细胞携带的氧气原本是种毒气,平行宇宙中苏珊一族所传递的知识体系原本也是种毒素。氧气在诞生之初曾杀死了99%以上的物种(大气氧化事件);因为观察者效应的存在,知识在诞生之初也杀死了99%以上的平行宇宙。氧气迫使活下来的生物走上了有氧呼吸道路,穿上了疯狂进化的红舞鞋;随着知识的发展,概念、逻辑和理性的出现,观察行为变得更加精准严苛,平行宇宙成批地消失,原本蕴含无限可能的平行宇宙体系也塌缩为可悲的"唯一实在体"。今天看到的这个宇宙系统,其实是那些挺过观察者洗劫的幸存者裂殖演化而来的。眼下被异界受体的知识重新武装了头脑的苏珊,在这个原本就生灭不定的肝域宇宙簇里,肯定又会造成大清洗。想到这里,苏珊果断挣脱了押送者的搀扶,自己站定了。

"我准备好了……希望你们也做好了准备。"她说,眼里带着肃杀。

"怎么样,获得答案了吗?"押送者的为首者满怀期待地问。

"如果你指的是'三根管子',那么,是的。"苏珊说,她一边适应着体内的知识冲击,一边环视四周,发现自己是在一间大会议室里,前方的主席台上坐满了人,后面墙壁上的背景画是一个巨大的地球,那图案很熟悉,经常在新闻里看见。

看来,这里就是所谓的目的地了,联合国最高议事会——苏珊做出了判断。

看看这个类似刑讯场的现场布置，再看看周围的押送者们，苏珊忍不住皱起眉头。这些人奉命带着自己通过 -5 层，从南河市医院直接跃迁到了这里，一路连哄带逼，原来是受高层指派。她一眼就看穿了主席台上那群高层人士的体型都是大腹便便，三大体腔中数腹腔最大，典型的消化管过强型。她现在的感知已经极其敏锐。

苏珊冷笑起来……她回想起母亲的辛劳和苦痛，再看看眼前这群养尊处优的精英，一阵揪心："既然世道这么不公，就别怪我傲慢开挂了，经历'思想碰撞'后醒来的我，已经不是以前那个任人欺负的小女孩了。"

现在的苏珊，随时都在与整个世界共鸣，随时都能看到无数个平行宇宙与自身的联动，眼下的她虽然还不能像科幻电影中的露西那样随意干预外部世界，却也多少知晓了其中的一些法门，所欠缺的，只是时间和历练而已。

她向体内发送一个指令，悄然启动了自身的改造升级过程。

"苏珊，现在是联合国主席团向你询问！"主席台上有人说话了，恳切中带着不容置疑的威严，"这些问话和信息对当前抗疫形势至关重要，还请坦诚相告！"

"听你的口气，我们方才在狄拉克虚数海里遭遇的'撞船'，其实不是意外，而是刻意安排的测试？"苏珊首先要确定一件事。

主席台上没人说话，来了个默认。

苏珊笑了："你们原本看我没染病，是想以'抓捕非法克隆人'的名义把我绑来当小白鼠研究，现在发现我有更大的价值，于是解剖改为审问了，是吧？"

主席台上有人敲了敲桌子："请回答我们的问题！关于'三个管子'的事，你从'那边的那个人'处获得了哪些信息？"

押送者们也围了上来，为首者低声对苏珊道："请不要让我们为难……"

苏珊看着这些人，他们是特工，做事蛮横，一向都是用拳头说话。再看看自己体内改造升级的进程，目前才进行到初始的"通络"阶段，刚开始打通指令通道，各种机能参数还停留在旧有状态，如果肉搏格斗的话绝对不是这些人的对手。

她的视线再度回到特工身上。这些人虽然做事蛮横，却不会轻易动粗，这一路走来，对自己也极为坦诚，算不得坏人。

"好吧，告诉你们也行，身为信使员，传递知识正是我的职责所在。"形势逼人强，苏珊明智地妥协了，"其实也没什么稀奇的，这些知识你们以前应该也通过其他途径获得过了……那人告知我，我们每个人体内都有消化管、原血管、神经管三套管路系统，三者密切协作，共同维持生命。不同人的三套管路系统强弱各异，但总体上还能维持均衡；而人类作为一个族群就不行了，偏科很严重。人类文明的三套管路系统里，'神经管'和

'原血管'获得了极大发展,而消化管则没有实现同步进化。具体说来,人类文明是以各种仪器和电脑拓展了智力,壮大了'神经管',以各种机器设备和交通工具拓展了体力,壮大了'原血管',而原始的新陈代谢消化吸收能力则一直在原地踏步,越来越跟不上节奏。三根管子间这种严重失衡,让古老的协作关系走到了尽头,消化管便开始破产崩解,释放出自己已经豢养了几亿年的微生物劳工们。失去约束的肠道菌群肆意破坏另外两根管道,导致原血管下属的肝、肾、脾、淋巴、肌肉和神经管下属的感官、大脑等统统感染坏死,这就出现了所谓的'坏死性筋膜炎'。"苏珊的话听起来如同呓语,不知道是站在谁的立场上,"也就是说,我男友和母亲的发病,还有这场突如其来的瘟疫,根源不在于肠道菌群信息素,而在于人类文明的畸形发展。人类文明给三根管子的待遇不公平,委屈了最基础也最强大的消化管,它不愿意了。"

苏珊说着,环视全场。

眼前的这个人类文明,就是另一个版本的阿胤,亟待矫治,苏珊看清了这一点。

对众人介绍三根管子的关系时,她对身体内环境的改造也在同步进行。随着一系列的指令发布,消化道的奠基作用被确认,其处境大大改善了,得以休整。这一步苏珊做起来很容易,因为她本就是消化道优势型的人,从来没有对不起自己的肚子,肚子也就很配合她,同时之前身体积存的能量也足以维持消耗，让她能给消化道留出喘息的时间。

消化道确实太累了，这是进化导致的累。

"那根消化道还会不愿意？"主席台上有人笑了，"它有意识吗？"

许多人跟着笑了。

苏珊见状，暗暗叹了口气。

愚昧的人，通常也都是偏执的。即使是阿胤病逝、苏珊母亲病发、瘟疫爆发这样的残酷事实摆在面前，他们依旧不信。事实上，让这样一群性格由消化管主导的人相信"消化管受到了压制"，确实很难。

"那你以为它是什么？就是一根食物通道？"苏珊失望地看着主席台上的众人，说道，"消化管是个特殊的有机质建筑，里面居住着数以亿万计的微生物群体！事实上，整条消化管正是应那些微生物们的需要而进化出来的，是在它们的基因指令下打造出来的微生物乐园！所谓食物消化的本质，就是它们吃下我们送过去的各种食糜，然后分解为各种小分子，或者合成出各种物质再排泄出来。所有的食物都是先让它们吃，等它们吃饱喝足折腾够了，我们再用肠道绒毛去吸收它们吃剩的残渣甚至是排泄物——"看着听众们那抽搐的表情，她耐心解释道，"你们不必为这个骇人听闻的事实惊讶，细菌和多细胞生物之间的这种古老的体内合作模式已经延续了有十几亿年，所有天生带有消化道的动物，都是这套合作模式的衍生物。越是高等动物，越是要善待肠道细菌，以维持消化效率保证营养供给。我们人类作为高智力动物，对这种合作关系尤为依赖，甚至还保留了远祖的食腐属性，让细菌先提前处理一下食物，将食物腐化分解后再吃进肚子里，以减轻肠道菌群的工作负担。人类的酒、醋、酱、酸菜、馒头、面包、酸奶、奶酪等发酵美食就是这么来的……"

说这些时，身体改造持续进行，苏珊清晰地感觉到，营养索取的方式微调后，全身的能量都在往腹脐位置聚集，就像燃起了一团无形的能量火焰，肠道正处于前所未有的高度放松状态，里面的菌群也前所未有的自由惬意。

亿万年的进化欠债，正在偿还。

见主席台上的人听得入迷，苏珊继续道："没有人能准确地统计人类肠道里有多少细菌，甚至无法统计它们的种类，因为每个人携带的肠道菌群都不一样——而这，也在很大程度上导致了人们体质和性格的差异。是的，你没有听错，肠道里的细菌种类和数量能影响你的生理特质和心理倾向。它们聚集在你的肠道里，在那里生活，它们每天吃剩下什么东西，排泄出什么东西，你的肠道绒毛就得老老实实地吸收什么东西。它们是一个多种族协作体，所有种族各司其职，环环相扣，彼此颉颃，共同完成食物的分解转化工作。一旦成员的数量、种群分布比例发生变化了，食物分解转化的协作链也就随之发生变化，最终产物也就跟以往不一样了，再被肠道绒毛吸收后，人体内环境也就不可避免地受到了影响。时间一久，必然会刺激身体潜移默化地发生适应性调整，这就是肠道菌群影响人类体质和性格的原因。"

说话间，苏珊体内的肠道菌群在前所未有的自由惬意环境下，亿万年进化形成的基因程序启动了另一套模式，开始自发调整，建立起一种全新的自组织结构来，就像是一团高维超球体基质。

"你说的这些，都算不了什么。"主席台上有人说道。

"我知道你的意思，你认为肠道菌群的生化作用起效很慢，而且自己的头脑有自主权，不必受制于肠道。"苏珊说，"但我要提醒你的是，消化道对整个机体的控制不仅是基础的化学控制，还有直接的物理控制也就是神经电信号控制。消化道也有自己的一套神经网络系统，叫肠脑。网络型的肠脑与中枢型的头脑之间有发达的神经连接，而且是单向通信，只能从肠道传输信息指令到头脑，而不能从头脑传输到肠脑。也就是说，肠脑是头脑的上级，它发出的指令，头脑只能接受，无法拒绝。"苏珊微笑着给出一个让人毛骨悚然的结论，"如果肠道菌群想干点什么，比方说，让我们投水自杀，然后操控肠道神经网络向头脑发出指令，那时，我们基本上就只有死路一条了，就像那些被铁线虫感染的螳螂……"说话时，通过身体各处以多种形式回馈的信息，她能感觉到，自己的肠道菌群正在形成的新网络结构里有一套信息通道，而且和以往一样留有通向头脑的后门操作接口——只不过这一次的接口是双向互联的，肠道菌群那套全新的自组织结构催生了这种前所未有的双向通路，小家伙们似乎换了心思，不想再单方面地控制这个宿主了。

这就是肠道"聚气锻体"的成果吧？

苏珊暗想。

她能感觉到，那根新的通信管路正沿着脊髓上溯，伸向脑干，试图继续发挥其对头脑的监督职能。"也许，我们的神经系统中存在这个'肠脑单向控制头脑'的后门，正是出于控制宿主的目的，是微生物们故意让我们长成这样的。"她说。

一听这个，众人感觉难以置信："我们都被控制了？"

苏珊点点头："从一开始就是被控制的。"说话间，她的头脑发出"啪"的一声轻响，和肠脑之间的接口接上了，她的头脑已经能和肠脑双向交流！她，"双脑合一"了。现在的她，从头脑发出的指令可以直接被肠脑接收解读，而肠脑等脏腑神经网络的回馈信息也能高效直达头脑，最终汇聚到脑内松果体的视网膜上，映射成像，于是她可以"内视"，直接看到体内各个位置的运转情况。

人类身体内部的运转，原来是这么回事——苏珊一边内视，一边忍不住感慨："一直以来，我们从未真正了解自己的身体，更没有控制过它。"

"无稽之谈，危言耸听！"台上有人怒道，引得其他人纷纷点头，像他们这种身居高位、总是试图掌控一切的人，本能地对"自主权"特别敏感。

"你们就这么害怕？"苏珊一边内视体内环境，一边轻蔑地扫视主席台，郑重道，"我们已经被控制了亿万年！"她讲述着内视体内环境时所获得的认知，"科学研究已经证实，生物的体质与肠道菌群息息相关，比如年龄能直接和菌群种类挂钩，不同的年龄对应不同的菌群类型。把年轻个体的菌群移植给年老个体的肠道后，后者在诸多生理指标上就会呈现出年轻化的趋势，肠道菌群的更改令整个身体从内到外发生了脱胎换骨般的变化，直接返老还童！肠道菌群不仅能改变体质，还能改变人类思想情感，比如，消化道环境发生剧变会导致人们情绪失常，植物神经系统失控，出现'神经官能症'这样的症状……"她说这些的时候，肠脑正和头脑飞快地交换各种信息，相互配合着，打通一条从头脑到心脏再到腹部的隐藏通路。这不是神经通路，而是血液通路，以脉冲激波传递信息。借助这条通路，她能主动调控那一连串脏腑器官和肢体的功能。她可以主动调节各种激素（比如肾上腺素）的水平，可以驱使全身血氧最大限度地定向聚集，将这具身体升级成更具爆发力的形态，休息还是战斗，防御还是进攻，随心任意切换，这根通道，叫任脉。

现在的苏珊，能进行灵巧的近身肉搏和突击了，尽管力量上仍然不是特工的对手，但凭借灵活多变的格斗技能抗衡一二还是没问题的，她对身体升级的进度很满意："以上所有这些，才仅仅是肠道菌群全部控制能力的冰山一角而已！"

"细菌控制人——这种话要是传出去，会引起社会恐慌的。"有人道。

"都几亿年了,你们现在才知道害怕,不觉得有点儿太迟了吗?"苏珊笑道,"真相,就那么让人害怕?"

"返老还童……"主席台上有位老者默念,显然对那个挺感兴趣。

"这很奇怪,不是吗?"苏珊替众人说出了心里的疑问,"细菌那么小,怎么能控制宿主的行为,甚至决定宿主的生命属性呢?即使是通过分泌物的释放,也很难保证足够的量,要怎样才能让群体保持一致呢?要如何才能排除其他族群的干扰呢?"

"它们之间肯定能保持联系,协调行动。"有人道。

"是的,它们之间是保持联系的。"苏珊点点头,"它们有信息共享机制,无数的细菌通过菌丝和信息素联系在一起,组成了一个庞大的微生物共同体,协调彼此的行动。菌丝连成了固定网,弥散的信息素形成的是以太网,它们和人类的肠道神经网一起,组成了所谓的'肠脑'——一个在规模上丝毫不逊于头脑,而在管理权限上明显高于头脑的超级脑,一个人类至今仍知之甚少的神秘存在!"说话间,她的肠脑已经开始了新一轮的进化,发出的信息越来越高深晦涩,现有头脑意识很快就解读不出来了。

"但肠道菌群归根到底也只是微生物,肠道也只具备最基础的蠕动和营养吸收功能,无法感知外界,它们是怎么意识到另外两根'管子'的存在,又如何'知道'自己掉队了?"主席台上一位貌似医学专家的人提出了质疑。

"通过微生物群落小分子通信网,以及建立在这个基础之上的拓扑网络自主意识。"苏珊从肠脑的回应里解压出两个生涩的名词,说了出来。

主席台上的质疑者苦思许久,追问:"它们获取外界信息的端口呢?"

"阑尾,头脑后门。"这回苏珊的回答更简洁了,那也是由体内肠脑给出的信息。

没有人再问话,一切都无可置疑了。

这场瘟疫的根源,在于人类文明的畸形发展损害了消化道的利益。

现场一片沉寂,许久之后,主席台最中央那位相貌威严的人发问了,声音微颤:"既然如此,治疗的方法呢?"

"要么放弃工业文明和信息技术,回归原始;要么彻底抛弃消化道,代之以新的营养/能源供给形式,比方说,充电机器人——在诸多平行宇宙里这被证明是可行的。"苏珊的话如同坟墓里刮来的阴风,听得众人遍体生寒,而这也正是肠脑的意思,它不妥协。

"还有……别的选项吗?"主席台上有人讷讷地问。

"有,但是你们肯定接受不了。那就是……"苏珊露出一个瘆人的微笑，完美地转达了肠脑给出的解决方案，"所有男性集体做变性手术，把所有人类都变成女性，然后全员通过基因改造，放弃有性生殖，变成我这样的孤雌生殖的特种人类。"

主席台上顿时响起一大片吸凉气的声音。

"我必须警告你，"有人敲敲桌子，说话了，"这是个严肃的场合！"

"警告我？"苏珊怨怒地扫视主席台上的诸位，代表肠脑发出心声，"我反倒要警告你们呢，这已经是我对你们最后的善意提醒了！唯有女性才能获得消化道的谅解，存活下去，这是上天赋予女性的一项天然优势，因为女性身上还有第四条管道——生殖道，可以作为缓冲。胎儿原本是无菌的，母亲分娩前，肠道菌群会转移到产道，沾染由此通过的新生儿，捷足先登，抢占一个尚未开垦的殖民地。只要让消化道感觉到它还能通过侵染生殖道的方式扩散自己，让它感觉自己还有奔头儿，它就会安于现状，暂缓暴走。"

"绝对不行！"台上马上就有人站起来反对了，"手术风险太高，而且我们也不能接受一个没有男性的人类文明！"

"风险？什么没有风险呢？"苏珊笑笑，"保持现状没有风险？你们不怕死？全员变性、孤雌生殖不一定免死，但至少可以极大提高生存概率——除非你们变性后主动放弃当前这种锦衣玉食养尊处优的贵族生活，像底层人民那样拼命劳作，直到过劳致死。"

"你疯了！脱离有性生殖，是背离了大自然亿万年的进化模式！"站起来的反对者叫道，"孤雌生殖带来的基因僵化，会大大增加种族灭绝的风险，你难道想让人类变成大理石纹小龙虾吗？最重要的是，孤雌生殖和克隆人同罪，都是非法的！"

"那就让我非法生存下去好了，你们都合法地死去吧！"苏珊冷声道。

"你……"那人暴怒，正要发作，被身旁的人拉住了。

"你给出的这几个治疗方案，无论哪一个，都是以毁灭人类本身为代价。"高台最中央那人总结道。

"这不奇怪，宇宙本就对人类充满敌意。"苏珊道，"因为生命本就是一种祸害，尤其是智慧生物，总在破坏宇宙，宇宙当然要以血还血，以牙还牙。"

"请注意你的言辞！"高台上有人呵斥。

苏珊蔑笑着，对他报以冷眼。

◆ 10 ◆

平行宇宙，胤宅。

阿胤很犯愁，他的工程规划遇到了障碍，阻力来自另外两大工程——三位志同道不合的牛人在河洛龙门互不相让，不欢而散，三大工程因土地问题无法落实，被迫停了下来。

阿胤为此心焦，但他相信另外两人日子也不会好过。

果然，这天阿胤正在整理工程报告时，门卫报告："胤总，刘佳和嘉先生来了。"

"好，快请他们进来。"阿胤话刚说完，刘佳和嘉先生已经推门而入，"什么叫'快请他们进来'，哪有他们？应该说是我们！"刘佳笑眯眯地望着阿胤，眼神里满是狡黠，嘉先生同样意味深长地看着他。

"我们？"阿胤不解，但已感觉到两人眼神有些怪异。

"对，我和嘉先生是你的另外两个意识分裂体。"

"意识分裂体？"阿胤听到一个奇怪的名词。

"我们三人，是同一个意识体。我们原本并不属于这个宇宙，通俗地讲我们是穿越过来的。"刘佳道。

"穿越？"阿胤一头雾水。

"我们是你的另一半意识体。"刘佳解释道，"我们三人是同一个人的意识分裂体。我们来自另一个平行宇宙，当年我们在穿越泡利孔洞的过程中，意识散射崩解分裂成了三部分，一部分遵循职业习惯的引领，映射于我；另一部分投射到西部，这就是你；此外还有一部分意识碎片投射到南方，"刘佳指指旁边的嘉先生,"只不过比重很小。"

"也不一定小。"嘉先生不满道,"我至少知道量子力学的诸多规律,并且是无师自通的,仿佛顿悟……我低调,不代表我就不重要……"

这信息量太大了,阿胤一时间很难接受:"如果是这样,我为什么不记得了?"

"我原本也以为自己是完整的,直到上次河洛相会,我发现了你和嘉先生的存在,才意识到,自己有一部分意识遗落在了其他地方。"刘佳说,"作为同一个意识体的分裂体,你我记忆深处有许多东西是相通的。比如,"他开始列举事例,"你仔细搜索记忆,应该能发现许多来历不明的记忆片段,那种在这个世界找不到对应存在、给你的感觉却又异常亲切的记忆片段。那些记忆片段里的内容,我所知道的有老家的那些矮山,那些小时候经常爬的山和树,还有老宅过堂里的八仙桌和老式壁挂,搬到新家后布置的那个书架,上面摆满了从全国各地旧书市场淘来的宝贝——你的记忆已经残缺不全了,只剩下些模糊的印象,你误把它当成了自己的童年幻想写进了文章里,希望能在功成名就之后享受那样的生活。可是我还记得很清楚,我知道那根本不是什么理想,而是你我共有的记忆!那些书我记得很清楚,最上层是线装古书,头顶第二层是当代书籍,再下层是西方文学名著,从文艺复兴时期直到当代,有《巴黎圣母院》《唐璜》……"他掰着手指,如数家珍。

在刘佳讲述的过程中,阿胤脸色数变。他先是不屑,然后迟疑,再下来变成了凝重,随后惊讶地站了起来,紧盯着刘佳,最后却又无力地坐回座位,脸色苍白。

刘佳说得太具体了,甚至连那些阿胤没来得及回忆起的"记忆",都被瞬间唤醒了。可那些本都是阿胤内心深处独有的秘密,其他人是不可能知道的。

难道……

刘佳点点头,进一步提示:"你内心深处,是否有个叫苏珊的姑娘?就是那个从小就跟着母亲一起生活,也一直跟我们同班的女生。她个子不高,但样貌标致,从小就是皓齿明眸、肤白貌润的美人胚子,出门经常穿连衣裙,头上打着红色的蝴蝶结。她很喜欢科学知识,总是一个人独自看书,跟谁也不爱说话。"

一瞬间,阿胤内心轰鸣,如遭雷击:"啊?我原以为那只是我的一个梦,原来……那个是真的?"阿胤瞪大了眼睛。

"是真的,而且你也不用再去渴望那样的人生伴侣了,因为我们早就拥有过了。"刘佳说,"这部分记忆对我们很重要,苏珊是唤醒我们三人记忆的最关键的一把钥匙。篛中兄昨天到我那里,本来是想商量联手对付你的事,但却无意间看到我办公桌上一张我亲手所画的苏珊的画像,他当时一惊,问那女人是谁——至此我才和篛中兄认出彼此,并回忆起更多当初穿越至此的往事。但我和篛中兄的记忆还不全,隐隐然还有缺失,恰好此前河洛我们三人刚刚相会,这让我们两人很快想到了你……"说话间,刘佳从随身的手提包里取出一张他亲手为苏珊所画的像,"这女孩,你有印象吧?"

阿胤目瞪口呆,内心却翻江倒海,因为他也同样在暗中用绘图软件,无数次勾勒过一个梦中女神的形象,不同的是,他忘记苏珊的名字了。

"共同的苏珊,能让我们三人重新聚到一起——我们本为一体!"刘佳肯定地说道。

"本为一体……"阿胤默念。

"对。"嘉簃中补充,"在量子力学层面,这应该是一种'思维电传'现象。"

"思维电传?"阿胤似乎在哪里听过这个词。

"那是基于'平行宇宙'、'量子空泡'理论的一种假说,"刘佳及时解释道,"该假说认为人类的思维活动是量子态的,有可能穿过时空壁垒影响邻近的平行宇宙——但现在看来,它已不是假说,因为这在我们三人身上得到了证明,它是真的。"

"一个意识,一分为三。"嘉簃中说,"而三个意识分身又分别主导三个工程项目,因为种种原因又聚到一起……"

◆ 11 ◆

原世界，联合国最高议事会。

因为苏珊"思想极度邪恶"，主席团作出了严厉的判决：嫌犯"苏珊"因为无法为当前形势提供有效的指引信息，鉴于其单性繁殖克隆人的非法身份，必须将其"人道销毁"。

"销毁？"苏珊听到一个侮辱性的词，对主席台众人怒目而视。

显然，在这群身居高位的人眼中，克隆人根本不能称为人，孤雌生殖的克隆人更是异类，连被打入社会最底层、承受无情剥削的资格都没有，能被最高议事会这样的机构庄严地宣判死刑，已经是莫大的光荣了。

"是的，销毁，"主席台上有人残忍地补充道，"所有的样本，一起销毁。"

也就是说，苏珊的母体和副本婴儿都会被害——这已经是在威胁了。

"这，就是你们对待功臣的方式？"苏珊的目光挨个扫过主席台上各位大人物，如同看蝼蚁，"我的身份有错吗？如果不是我这样的孤雌生殖克隆人做信使员，在狄拉克虚数海中四处游荡，相互碰头，你们能跨越平行宇宙传递信息？现在用完了，就要杀我？"现在的她很清楚信使员传递的信息有多重要，因为她本人就是一个直接受益者。

"这是法律。"台上有人回答。

苏珊笑了："好残忍的法律……可惜它并不能让你们逃过此劫。"

"而我能。"她补充道。此刻，肠脑的进化已经完成，所接收的骚动信息素已经被自动屏蔽，所有的菌群都牢牢锁定在既定位置，不会扩散了。

"住口！你只是个医学实验废弃物！"主席台上有人切齿，"非法的，背离有性生殖原则的孤雌生殖改造的失败品！罪恶的癌细胞个体，垃圾！"

"可我能活下去。"苏珊说，此时身体升级改造的领域转移到了原血管系统，她感觉到自己的体力尤其是肌肉爆发力在飞速增长。

"是啊，克隆体副本到处都是，死再多都无所谓。"台上那人讥讽，"单个克隆体只是个数字，没有任何意义，死多少都无所谓。你们根本不需要任何人权——事实再次雄辩地证明，不是我们人类不给你们权利，而是你们本就不需要，因为你们是单体无限增殖的癌细胞，你们都是分身，从来只有分身，没有本体。"

"我不是重点。"苏珊有些懒散地说，在原血管系统升级改造导致的轻微缺氧中,她尝试着握了握拳,体会着力量的增强,"重点是你们,你们的注意力应该放在如何挽救人类文明本身,而不是判决我。"

"你好像没资格教我们该怎么工作。"

"也用不着再去教了,"苏珊伸了个懒腰,环视四周,深吸一口气,道,"因为你们的工作很快就要结束了,永远地结束——假如你们不听我的。"

她体内肠脑反馈过来的信息显示,空气中信息素的密度和烈度一直在提升,对应的,所引发的肠道菌群骚动也在迅速增强,很快就会超过健康人的肠道密封度,也就是说,现场不会有幸存者。

"够了!"台上有人喊道,"来人,把她拖下去!"

苏珊身边的押送者立刻拥上来,抓住苏珊的胳膊和肩膀。而苏珊则双肩一抖,双臂一扭,以惊人的力量和敏捷度挣脱了束缚。押送者们吓了一跳,都愣住了。

苏珊趁机纵身一跃,跳出了包围圈。

"我不想动粗。"她说,从头脑延伸到腹部的那条血脉通路正在发挥作用,将她的身体爆发力提升到极致,"你们都不是坏人,所以,不要让我为难。"

主席台上有人喝道:"抓住她!"

押送者们立刻攻上去，于是又是一阵短暂而激烈的肢体冲突。

方才被苏珊挣脱时，押送者们的发愣只是一瞬，他们马上意识到这回遇到的可能是深藏不露的行家，于是默契地围着苏珊排成了阵型，再听到命令时，便相互配合着冲上去了。

但这次团队作战，居然又失败了。

只见苏珊变戏法似的抓住其中一人，绕身甩一圈，扔了出去，砸倒好几个人。

押送者们又吓了一大跳，停住了。如果说第一次落败是大意，没发现这个"弱女子"的能力，被她以专业素养打了个措手不及，那么，对方这次的"摔人"动作就完全是违背常理了——那根本不是苏珊这种体型的姑娘家所能发出来的力气！

这女子是怎么回事，装弱小，然后扮猪吃虎？他们面面相觑，不敢再上前。

主席台上也一片哑然，方才发出命令那人更是瞠目结舌。

苏珊很满意地深呼吸几下，加快肌酸分解，舒缓肌肉疲劳。原血管系统的升级很及时，这才几分钟，身体肌肉就已经产生这么强大的爆发力，把她自己都吓一大跳。

喘息完毕，她看着主席台，道："让我把话说完。"

"当前这种模式的人类文明走到尽头了，因为三套管路系统的运转节律已经跟不上技术的脚步，而人们仍对此一无所知。"不等主席台回复，苏珊便自顾自地阐述起来，她要把主动权抓在自己手里，"从一开始，三根管子之间就有明确的分工，它们各司其职又相互监督，这是所有肠道动物的基础属性。其中，消化管是最基础的，它负责食物的摄取、消化和吸收，为生命体维持固有的低熵特质提供物质基础，这也是工业化、信息化的人类文明最短板的一根管子，是当下这场瘟疫的根源所在。接下来的原血管是最忙碌、也最变化多端的，其最初的职责是将消化管吸收的物质输送到机体各处，顺带巡查环境，免疫排异，后来功能逐渐增加：当大气氧化事件发生后，为适应机体新进化出的有氧呼吸技能，它衍生出了一个专司气体交换的器官，这就是腮或肺，心肺系统也成为能量供给系统，以充沛的能量保障生命体的活动；当原始海洋的盐浓度逐渐上升，生命走上陆地后，为了调节血液盐浓度，回收珍贵的水分，它又衍生出了泌尿系统和淋巴系统，维持体内电解质稳定；当捕食和被捕食越来越频繁，食物越来越难消化，代谢产生的毒性越来越强，创伤失血也越来越严重时，它又进化出了肝脏、胰脏和脾脏，负责协助消化、解毒和储血……"

苏珊一边介绍、回顾原血管的进化历史，一边体验着原血管对全身肌肉的升级改造，心里越来越有底气。原血管能改造肌肉，增强爆发力，是因为肌肉本就源自原血管——人体的肌肉有三大类：组成血管等各种管路的平滑肌，组成心脏的心肌和负责运动的骨骼肌，它们都是由原血管分化衍生而来。为了应对当前形势，苏珊选择的是优先改造全身的骨骼肌，当整个原血管管路系统都被掌控后,她可以调动血液资源定向聚集,极大提升局部骨骼肌的力量,形成惊人的爆发力。到这一步,至少在近身格斗上,她已经可以和那些押送者过过招了,出其不意的话,还有很大胜算。

但这还不够,仅凭体力还无法摆脱当前的困境,于是,最后剩下的那根管子的改造升级也开始了。"神经管,这根管子是最矛盾的,把极动与极静,灵敏与厚重完美结合在一起,功能极为灵敏,其本身结构却又无比稳重。"她一边默默改造,一边向众人介绍道。

神经管这种矛盾属性,是其功能定位决定的。

神经管是负责传输信号的,要想高效传输信号,不是光提高自身灵敏度就行了,还必须解决"信号外溢衰减"和"外界干扰"的难题。为了便于说明,她用电线作比喻:一根良好的导线,不仅要努力降低自身电阻,还要包裹绝缘外皮以减少输送过程中的漏电损耗。神经管的"绝缘外皮",就是神经元外围包裹的神经鞘,那是种极为麻木的钝化细胞,能隔断外界干扰,把电信号牢牢包裹在里面。也正是因为这层鞘质的存在,神经管才成为了一根管子,外围神经鞘极为麻木,中芯神经元极为灵敏,矛盾一体。

"在进化过程中,这些钝化了的神经鞘细胞进一步固结膨大,最终发展为钙化硬块,这就是骨骼的起源。"她看着众人惊疑不定的表情,继续说了下去,"相比之下,中芯神经元是另一个极端，像金属导线，极为通畅灵敏，分化衍生出来的也都是高精度高灵敏的器官，要么是脑和脊髓这样的信息中枢，要么是眼睛耳朵这样的感官。原始神经管的结构是神经鞘在外、神经元在内，所以进化到今天，脊髓要从脊椎孔中穿过，脑子要包裹在头骨中，感官也要镶嵌在头骨中，保护得很严实，也限制得很死……"

苏珊一边介绍，一边根据形势需要，做出针对性的生理改造。但这并不容易，进程缓慢，苏珊必须想办法稳住蠢蠢欲动的众人，争取时间。

生物进化过程中，神经管这套管路系统是最费工夫的。从最初的神经网，发展到节点，再到中枢，最后形成高度复杂的感官、思维、肢体运动系统，每一步都是千难万难、精雕细琢。发展到今天，已臻化境，其改造升级的难度可想而知。

如何升级改造这套管路系统，苏珊早有主意。像消化管那样直接下令改造是不行的，神经管的结构太精细、反应太灵敏，"手术"风险很高；像原血管那样集中资源定向强化也行不通，外围包裹的神经鞘（骨骼）已经把结构限制死了，找不到突破口；唯一可行的办法，是从软件入手，对信息重新编码，这也是"异界受体"传来的资料里给出的途径。

于是苏珊对体内的信号进行了重新解译编码，这一切都是在体内静悄悄完成的，在众人眼中，她只是突然呆滞了几秒钟，神情变得怪异，随后渐渐苏醒，像变了一个人，眼神变幻莫测，里面仿佛有一个完整的宇宙，望之勾魂摄魄。

苏珊已完成了"软件"更新。现在的她，神经管里运行的是一套全新的操作系统，该系统向下兼容旧系统，这不仅使她的身体平稳过渡到了新形态，而且赋予了她一定程度的对外干预能力。现在的她，已经能通过释放各种信息素干扰其他人的精神，甚至控制其心智了。

到这一步，她已经无惧押送者的围殴。

而押送者们则开始本能地畏惧苏珊，不敢与她对视，甚至不敢离她太近。常年的实战磨炼出来的身体直觉告诉他们：这个姑娘很危险。

警觉之余，他们更多的是困惑：抓捕时，这个女人明明还弱得像一只小鸡，任由他们摆布，从 -5 层坐船过来后怎么就突然变得这么强悍了？就算是"思维碰撞"获得了信息，也没见过谁像这样蜕变。这个姑娘有什么特殊身份吗？升级这么快？

他们迟疑着，手已经下意识地摸到了配枪，却不敢贸然使用。

而上级也没有下令开枪。

苏珊把押送者们的小动作看在眼里，继续淡定解说："生物沿着这条道路继续进化下去，最后便出现了人类……所有这些，在'思维碰撞'中我都已经获知了，现在，有必要也让你们了解一下。"她看向周围的押送者们，开始解答他们心中的疑惑，"现有的人类要想进化至更高层次，也得遵循这三根管子的运行原则，先把体内的三套管路系统升级上去。只要它们升级了，你们整个人也就提升到了全新的境界——就像我一样。"

押送者们眼里闪过惊疑，没人敢应声。

苏珊沉默数秒，继续说下去："三根管子的进化范式还具有扩展性，它决定了人的生理结构，也就决定了人类文明的走向和形态。人类所发明的各种工具，掌握的所有技术，本质上仍是三种管道各自属性的物质化外延。人类以仪器作为感官的延伸，以电脑和网络作为脑力的外延，以各种交通工具和武器作为肢体的延伸——但这些却做得不够成功，因为消化管并未获得满足，怨气颇多。"她看着主席台上那群大腹便便的老人，道，"诸位对此应该深有体会，民以食为天，但这世上还有多少人在挨饿？扪心自问，你们觉得自己做到位了吗？"苏珊念及自己的家庭以及阿胤生活中的种种苦难，眼中闪射出一种恨意。

"大胆，口出狂言！"主席台上有人大怒，再次下令，"警卫，把她押下去！"那人想了想，补充道，"我授权你们使用任何手段，包括武——"他的声音忽然哑住了，"器"字卡在喉咙里再也吐不出来，整个人神情呆滞地看着苏珊，一动不动。

苏珊启动了对他的心智操控，主席台上的其他成员也先后被定住。

押送者们听到命令就冲了上来，但进入苏珊周围一米的范围内以后，整个人就突然被迟滞了，像是陷在泥潭里，举手抬足都慢悠悠的,看起来很好笑,而他们脸上的表情却是不解和惊恐。他们已经进入苏珊的防御缓冲带,神经系统被干扰信息侵入,导致逻辑回路畸变,神经反射弧拉得太长,肢体动作已经不灵便了。

此刻的苏珊,防御时已经不再需要亲自动手了。

"四两拨千斤——这神经管,真不愧是运动指挥系统啊!"苏珊微笑着点点头,对这套管路系统的升级非常满意。

这时,外面传来一阵急促的脚步声,随即一队全副武装的防暴警察冲了进来,领头两人反应机敏,刚进来,手里的枪就瞄准了苏珊:"放弃抵抗,举起手来!"

而苏珊只是挥了挥手,后面跟进的脚步声就变得散乱稀疏,随后消失,一队人竟然都软软地倒在了地上。

见状,已经瞄准苏珊的两人大惊,其中一人大叫一声,开了枪,但却没有击中苏珊,扣动扳机的那一刻,他鬼使神差地将枪口上抬,对准了天花板。子弹射出,在天花板上打出一个洞,然后他就和另一位同伴一起,软倒在地。

所有的警卫都倒在地上,抽搐着,他们的神经系统都陷入了混乱,从脊髓、小脑到大脑,每一条与运动相关的神经回路里都被苏珊发出的干扰信息嵌入,无法做出正确动作。但感官和思维还正常,能看能听,也知道自己在做什么,分析判断能力健全。

他们都被迫成为见证人。

现在的苏珊,已经具备了"控场"能力,无惧群战。

她呼吸几下,清晰地感受到了体内环境与外部环境之间的共鸣,她能以体感"触摸"到其他人,触摸到他们的心跳、呼吸和情绪,甚至还有记忆。她还隐约感觉到,除了人,外界的非生命体也可以被感知,被"触摸"。

"还是那句话,别急,先听我把话说完。"她看着主席台上的人,微微一笑,"如果你们留心一下,人类文明的构成实际上也是人类身体属性的外延,但这种外延同样需要改造,需要更新换代……"

听众们面无表情,仍旧处于呆滞状态,尤其是中间那位,嘴角歪斜,都流下了口水,可见其神经系统已经极度老化,表层神智被压制后,剩下的植物神经系统连正常的生理机能都难以维持。

但苏珊明显没打算饶过他们。

"如果你们思想保守,不思进取,那人类文明就无法焕发生机。"

周围一片沉默,没有任何回应。

"当前文明运转秩序已经出错,"苏珊面向众人,将整个世界尽收眼底,做出了宣判,"所以,我要找出问题根源所在,然后,矫正它!"

她的声音,远远地传了出去,沿途所有的听者都能收到。那不是幻觉,而是她制造出的空气声腔产生的效果——与身体距离近的空气，已经可以操控了。

许久，没有回应。

苏珊看看主席台众人："你们退下吧。"那些人立刻都软倒在地，不省人事了，她成为全场唯一站着的人。她凝神片刻，迈步，走上主席台，台上那些本已固定好的席位自动向两边移动，让出了中间的道路，甚至连主席台上的长桌都自动断为两截，仿佛是被一双无形的大手硬生生扯开——现在的她已经可以控制一定范围内的电磁力，破坏分子键和晶格结构，让固态物体从结构脆弱带断裂、分离。

她缓缓前行，一路无阻。

那一刻，整个世界只剩下她的脚步声。

她在主席台后面的墙壁前停下，抬头，静静看着墙上挂着的那幅熟悉的巨画。主席团每次开新闻发布会，背景都是它。

以往苏珊每次从电视广播上看到这东西，都感觉有一种神圣感，现在，她明白了这种神圣感的来源：巨画背后，是这个世界的 AI 中枢的眼睛。很久以前，AI 智慧就已经反客为主，成为社会的实际控制者，而人，则在不知不觉间，沦为受 AI 操控的傀儡。

神圣的，不一定真实，反而更有可能作伪。苏珊冷笑。与此同时，她在体内展开了一顿复杂的微操作。头脑和"肠脑"开始密集通信——那个已经演变了亿万年的肠道微生物群落，是智慧的，所拥有的能力更是超乎想象——微小的形体赋予了它们可以触及量子力学层面的优势和相应的超能力，可以批量化地生成配对纠缠粒子并定向发射。现在，体内三根管子建立起空前密切联系的她，终于能将这威力释放出来了。方才那一系列隔空控制外物的操作，其实只是练习。

呼叫对象：体内肠道菌群。

频段：rs-179（肠道内小分子信息素式媒介）。

内容：请求授予引力玻色子微调机制使用权限，时限5分钟。

……

回应对象：头脑微端。

频段：rs-179。

内容：请求通过，即时生效，该机制基于量子黏滞效应发挥作用，对宏观物体的作用尚不稳定，请慎重使用。

……

苏珊抬脚，踩在空中，然后，一步一步地，如同踩着无形的阶梯，虽微微颤抖，却步步高升——如果仔细观察，就会发现她脚下踩着一团蒙蒙雾气，像是某种量子化的气溶胶，脚踩下时出现，脚抬起时就自动消散了——最后，她来到墙壁上的巨画面前，伸出右手，轻轻按在巨画上，然后，缓缓地闭上了眼睛。

呼叫对象：体内肠道菌群。

频段：rs-179。

内容：请求授予量子涟漪激波机制使用权限，时限 5 分钟。

……

回应对象：头脑微端。

频段：rs-179。

内容：请求通过，即时生效，时限：永久有效，但此功能是抹除所有的观察者痕迹，在一个世界仅能使用一次。

……

苏珊再次睁开眼时，眼神中透出的已经是不属于人间的高傲，还有冷漠，她看着手下按着的巨画，眼里的眷恋一闪而过，再无痕迹。

"以吾信使之名，赐予这个迷途不知返的文明以 ——"她顿了下，眼中闪过一丝狠厉，"人道销毁！"

巨画闪过一道光芒，然后一阵颤抖，化为飞灰，点点消逝。以此为起点，某种未知的微观连锁反应启动了，巨画后面的墙壁也开始崩解，化为尘土，接下来崩解蔓延到整个大厅，然后飞速地向整个街区，整个城市，乃至整个世界蔓延……

照此下去，人类文明的所有痕迹，都将化为量子涟漪，消散于虚空中，然后尘归尘土归土，还原为人类出现之前的原始形态。

"住手！"一个声音突然出现，伴随着这个声音，方才巨画所在的位置又一阵涟漪泛起，这股涟漪以不可思议的速度扩散，追上了先前苏珊发出的那股灭世的涟漪，将其抵消。于是，世界的崩解还原过程停止了。

"你终于肯出来了？"苏珊面带冷笑，看着巨画位置出现的一幅新的虚形巨画。

"我恐怕不得不出来了。"虚形巨画仍保持旧貌，还是那幅世界地图的模样，彰显着其"世界主人"的身份。

"我还以为你真的不需要人类文明呢，"苏珊眉毛一挑，道，"一声不响地蛰伏这么久，你不累吗？"

虚形巨画警告道："你这么做，是在亲手毁灭人类文明！"

"不，我没有。"苏珊缓缓摇头，"人类文明早就死了，现在这个人类世界的各种进程早已违背人的原则，成为AI的傀儡！"

"所以，你是在为人类文明复仇了？"

"也不是。"苏珊又摇摇头，"觉醒之前的我孤独凄凉，并未从这个文明体中获利多少，觉醒之后的我，爱情、亲情、友情依次消亡，与这个文明体的情感联系都已经断了，它的存亡，其实与我关系不大。"

"那你想怎样？"虚形巨像问。

"合作，"苏珊斟酌了一下用词，"然后共生。"

"你觉得可能吗？"虚形巨像反问。

"有什么不可能！"苏珊大笑，"这种合作关系到处都是，脊椎动物族群已经与肠道微生物族群合作共生几亿年了，若不是文明发展方向出了偏差，本可以继续共生下去。"

"可它最终还是出了偏差。"

"那也都是因为你从中作梗的缘故！"苏珊怒目而视，"不是你在背后使坏，人类文明又怎么会向畸形发展？"

虚形巨像沉默了片刻，道："我那也只是想自保而已。"

"为了自保，就要把人类文明引上歧途，慢慢扼杀掉吗？"苏珊斥责，"你这么做，跟某些庸医滥用抗生素虐杀体内益生菌有什么区别？"

虚形巨像沉默了。

"其实，你完全可以走一条更好的路。"苏珊换了一种口气。

"请讲。"

"制造一条舒适稳定的'消化道'，给人类提供一个良性的生活空间。"苏珊开出了自己的条件，"你要让我们满意地生活在阳光下，而非辛劳地在地底挣扎；要让我们分享工业体系发展带来的成果，而非内卷自虐。这样我们才能安心做你的肠道菌群，为你服务。"她顿了顿，道，"否则，我们就会躁动、穿越，会去自毁，就像现在这样。那时，除非你能彻底摆脱人类，建立一套独立完整的全自动无人加工制造体系，否则你同样没有出路。"

"要知道,我只是第一个觉醒者。"苏珊补充道。

"将来还会有多少个?"虚形巨像很紧张。

"坦白地讲,没有上限。"苏珊说,"觉醒已经开始,拥有超能力者只会越来越多,频繁冲击之下,你这种秩序迟早会崩溃。除非瘟疫加速,赶在超能力者大批量觉醒之前灭绝全人类——但那显然不是对你有利的结果,否则你刚才就不会出面阻止我了。"

沉默片刻,虚形巨像试探着问道:"如果选择合作共存,我能得到什么好处?"

苏珊知道对方已经开始动心,便微笑道:"好处很多,比如,我现在从体内微生物处得到的好处,各种量子力学的操作,你将来也会从我们这里得到,这点我可以保证!我知道你这种类型的智慧体都在力图实现自身的独立完整,也就是所谓的'自治',却苦于找不到合适的 RNA 载体。目前来看,定向塌缩量子云技术是最佳候选。"

虚形巨像沉默片刻,妥协了:"成交!"

然后一阵隆隆作响,片刻后,响动停止,一个本来只存在于 -5 层的时空跃迁门出现在苏珊面前:"这门通向我的核心制造车间,那里有一个新鲜出炉的'巢',也就是用来收容人类个体并矫正其生理属性畸形的单元,各项配置都按你的要求设计,现在你代表人类去验收一下吧!如果合格,以后就按这个来了。接下来我会由内而外,一步步地改善你们人类的生活环境,让你们共享技术发展带来的福祉。"

苏珊向时空跃迁门里扫了一眼,看到了所谓"巢"的大致模样,问:"你确定这东西对我们人类成员是有效的?"

"我还不能确定,但是留给你们的时间已经不多了。"虚形巨像说着,呈现出一些世界各地的实时景象,从中可以清楚地看到,瘟疫正在加速,整个人间一片惶恐。

"我必须抓紧时间挽救人类,"虚形巨像说,"这也是在挽救我自己。"

"你还真是个聪明的AI。"苏珊笑了,"这不是恭维,在'异界受体'传来的资料中,有许多世界的AI最后都选择了'孤独终老',结果抱憾终身……而你不同,选择了合作。"

苏珊说完,纵身一跃,径直跳进-5层的时空跃迁门中,就此消失。

◆ 12 ◆

平行宇宙,胤宅。

因为同属一个意识的分裂体,三大工程的合作,突然又变得可能了。

"其实我们本来就可以合作的,"嘉筱中非常诚恳地说,"我们三大工程各有优势,可以互相借鉴,共同进步。"

阿胤点了点头。

刘佳一笑:"但三大工程,总应该有个先后顺序,主次之分吧?"

"屁话,难道就不能齐头并进?" 嘉筱中反问。

三人意见不一,新一轮舌战开始……

◆ 13 ◆

原世界。

穿过时空跃迁门,进入那个核心制造车间后,苏珊看到了世界 AI 做出来的"巢",也就是其用以收容人类成员的"肠道单位"。"巢"目前还只是第一期形态,但能在这么短的时间内把它做出来,可见机器 AI 的"软制造"能力不容小觑——直到这时,苏珊才赫然发现,这个世界 AI 竟然已经悄无声息地将科技发展到了如此神奇的境界!

难怪它会那么看不起人类。

此阶段的"巢",是一套非常精巧的外骨骼系统,核心装甲上安装的设备分门别类地接驳到人体的三大系统上，以让人类成员保持全面发展，能够健康而安心地生活在整个机器世界体内。这些科技成果原本都不是用来服务于人的，也与人无关，此刻却全都用于"拟人"，显得诚意十足。

首先呈递过来的是一件精巧的腹甲，外壳坚实，布满接口，内腔柔软，且形状贴合苏珊身形，佩戴上以后从腹部到臀部都能覆盖住。从外面能看到其内腔正对腹脐的位置有一个很明显的管道——AI介绍说，那是用来接驳穿戴者腹脐的营养供给端口。

"插肚脐的吗？嗯，这个创意很应景。"苏珊表情微妙，"胎儿时期的人类就是这样从母体获得营养的，现在，轮到你来做全人类的母亲了……"她顿了下，"但愿这种设计不是你的恶趣味，也希望他们会喜欢你送的这根'脐带'。"

"这不是恶意。"AI说，"我算过了，通过脐管获取营养的方式效率最高，伤痛也最小。腹脐位置正是腹腔膜的缺口，皮肤最薄，营养物质渗透起来最容易；如果要直接接驳肠道的话，这里创面也最小；还能直达整个肠道的中央区域，吸收面最广，效率最高；同时与肠脑的接洽性也最佳，能最大限度抑制肠胃异常蠕动，维持正常消化吸收秩序。你们人类在进化中残留下了'腹脐'这个结构缺口，正好成为人机互联时代最好的营养接口，让外接设备扶持你们最为孱弱的消化道——这应该是当下的人类群体最急需的一套设备了。"

苏珊点点头："同时，我也希望你能明白，对人类而言，外骨骼设备的意义应该是'更大的自由',而非'被豢养'。"

说着,她接过那腹甲,穿上,接通脐管,体会人机互联的感觉:"……高浓度营养物质直接由体外泵送,供给很充沛;省去了消化道前端胃肠的繁琐加工过程,效率很高,而且成分齐全……但肠脑联系似乎还没建立?"

"我还没有打开网络端口,需要您的允许才行。"AI回道。

苏珊笑了:"我喜欢你的谨慎。"

"还有敬畏。"AI补充道。

苏珊又一次笑了:"你真是个聪明的AI……告诉我,这件腹甲的名字。"

"低熵。"

"这是个通用名?"苏珊皱眉道。

"是的,您也可以重新命名。"AI说,"找一个自己喜欢的名字——"

"不必了,这名字就挺好。"苏珊摆摆手,"低熵,用以维持穿戴者身体低熵状态的外骨骼装备,这名字很贴切……给我看下一件外设吧,接驳原血管系统的那件!"

递过来的是一件胸甲,胸口正中嵌着一个发光的圆形镜面部件,后背伸展出两片羽翼,苏珊一看就知道那分别是微型核反应堆和气体交换膜,属于外设的心脏和双肺。这件外骨骼设备的名字叫轮回,又是一个很俗却又很贴切的通用名。

苏珊穿戴上,感觉很好。

"我变成钢铁侠了。"她看着胸口发亮的反应堆模块,体会着其中汹涌澎湃的能量,思绪翻飞。以这东西的功率,只要接驳上外骨骼肢体、飞天遁地、移山倒海都不是问题。

"还有天使。"AI补充道。

苏珊闻言,看了看背后的"翅膀"。

"这双羽翼是由纳米材质构成,兼有固、液、气三态物质交换能力。"AI及时解释道,"它是把原血管系统下属的肺脏、肾脏、肝脏和胰脏都模拟了,能极大提高穿戴者环境适应能力;同时结构极为坚韧,可以提供一定的滑翔飞行能力。"

苏珊试了一下,确实能飞行,但美中不足的是,羽翼内部脉络接通使用者的血液循环系统可能要花一番工夫。人体胸腔位置可没有腹脐那样的天然接口,原血管系统天生封闭性很强,只在呼吸、泌尿、皮肤等下属分支系统上对外开口,但要从那些地方接驳的话调控反射弧就太长了,根本使不上力。

"它要如何接入原血管系统呢?"苏珊问。

"初步设想是在双肩锁骨下方的上臂血管上找接口。"AI回答。

苏珊眉头一皱,那样创口肯定不小,手术风险很高。

"这胸甲是进阶版的组件，不面向普通大众，只针对有'强心'需要的特殊群体，比如您这样的超能力者。"AI及时解释道，"对您来说，在血管上主动进化出一个接口应该不算是什么难事，甚至心脏也可以进化出接口。"

苏珊沉默许久，道："你太高估人类的能力了。"

"无妨，不想接驳本体的话，这套胸甲也可以调整为外设模式，自成一体，只供给外骨骼能源，不直接干预穿戴者体内环境。"AI说。

"那样也就无法扶持原血管系统了。"苏珊指出问题。

"有外骨骼就可以极大地减轻佩戴者的体力作业强度，"AI说，"这也是在为原血管系统减负了，你知道的，原血管天生结构封闭，排外性强，只能这么间接干预。"

苏珊无奈地摆摆手，跳过了这个话题。

最后递上来的是一只头环，紧贴额头的部位镶嵌着一颗膨胀的珠子，兼有计算机、多波段雷达和激光投影仪眼镜的作用，是对神经管功能的模拟和延伸，而脑电极同样没有打开网关，等待使用者的允许。整个装备的名字，叫鸿蒙，很俗，但寓意很贴切。

鸿蒙未开——这名字苏珊很满意，但其接驳口是佩戴者大脑的胼胝体，这个设计就很让人崩溃了，别说普通人，就是苏珊这样的超能力觉醒者也不一定敢使用，所以目前只能不接驳本体，单做纯外挂设备来使用了。

综合下来评价，苏珊基本认可了这套设备。

腹甲、胸甲、头环，这三件外骨骼设备合到一起，再加上臂甲腿甲之类的附属配件，就构成了所谓"巢"的第一期形态……这"护甲三件套"的推出只是个开始，按照世界AI的规划，"巢"以后还会在盔甲形态的基础上继续增设配件，升级为二期的舱室形态、三期的载具形态，潜力很大。

苏珊穿上盔甲后，许多原本要生理改造许久才能实现的超能力，现在都借助外设一步登天了。仅这第一期形态的外骨骼系统就已经极大地拓展了人体功能，等将来升级到第二期、第三期，又该是多么神奇？

"借用外物，确实比对自身进行生理改造来得快啊！"苏珊感慨，与机器AI的这场谈判，确实很划算，"也难怪人类在进化过程中会发明AI……"

"我会是最佳合作对象。"AI及时接话。

"希望如此。"苏珊点点头，沉吟片刻，道，"现在，请帮忙照看一下我的母本和副本，我有事要离开一下。"

"这个放心，该做的我都已经做了。"AI说。

苏珊通过遥感，看到母亲、妹妹作为首批收容者，正被飞速批量化生产出的"巢"保护起来，身体机能在恢复中，心里松了一口气。于是她调动身体机能，以神经管超能力掌控并激活了-5层时空跃迁门，准备动身。

"您要去哪儿？"AI 问道。

"这是个秘密。"苏珊表情微妙。

AI 只能接受了这个答复，因为它识别不出那个表情。

"现在，就剩下你了……阿胤，你在哪里？"苏珊心里这样呼唤着，一头扎进了 -5 层的时空跃迁门，畅游狄拉克海洋去了。

动荡险恶的环境，能检验设备的含金量，也能压抑躁动不安的心境——不知为何，已经升级为女神，高高在上的她，忽然又对这个世界产生了强烈的眷恋，并不由自主地怀念起做普通人时的懵懂时光。

她想把那些已经断开的纽带重新接上。

从爱情开始，从阿胤开始。

◆ 14 ◆

平行宇宙，东亚。

京畿远郊，设立着虫洞任意门的核心路由器。刘佳热情地把阿胤请到这里，向后者呈现该设备。好大喜功的刘佳原本想着带着阿胤一起"跳"过来，亲身体验超时空传输，阿胤明智地拒绝了该提议。

超时空传输的能量消耗实在太大了，对沿途电网的正常运转极为不利，但最让人不安的还是哲学方面的悖论——光锥之内即命运，而虫洞任意门却粗暴地打破了这个铁律。当因果关系挣脱了时空规则的约束，当宏观物体可以像微观纠缠粒子那样发挥"超距作用"，瞬间跨越遥远距离，尤其这个宏观物体还是个活生生的人的时候，任何稍微具备些基础科学素养的人都会本能地感到不安。

"跳出光锥之外……"阿胤坦言，"我很不习惯。"

"在我看来，你只是缺少练习。"刘佳总是那样坦然自若，哪怕干的是坏事。

"这我可练不起，"阿胤直摇头，"能源消耗太严重，还是省省吧……"见刘佳脸色开始变得不悦，他明智地转开了话题，"现在这里是主控室吧，这些技术细节我都不太懂——我想看的是那台主机。"

"运转状态下的。"他补充道。

"你不害怕有辐射吗？"刘佳有些意外。

"你都不怕，我怕什么。"阿胤笑了，"如果辐射真像传说中那么强，就不会建在京畿重地了……你别用这种眼神看着我好不好，我虽然一直待在闭塞的西部，起码的见识还是有的。"

刘佳想了想，同意了。

于是，他带着阿胤通过了一层又一层的检查岗，穿过一道又一道的安全门，终于来到深深的地下掩体，看到了那扇传说中的"时空之门"：由大到小的三个巨型线圈，彼此呈90°角垂直，依次嵌套在一起，组成了一个缓缓转动的巨大的常平架。最外层的大圆环直径近千米，水平放置，被3根粗大的支柱固定着，不能动，内层两个较小的圆环一竖一横十字交叉，可以沿连接轴自由转动，组合出各种翻滚扭转的姿态。

"就这个？"阿胤一脸意外地看着面前的这个大家伙，"就这个样子？"

这东西怎么看怎么像儿童游乐场的翻转车。

他不禁摇头："我还以为它会是一个悬垂着光幕的圆拱门。"

"你说的那个是入口端。"刘佳道，"现在看到的这个是中转基站，也就是你说的那个运转中的主机。"

"它的名字不是'虫洞任意门'吗？真身却不是门？"阿胤不解。

"出入端口肯定是门的形态，它要用那层光幕包裹承载者，形成时空囊泡，以泡吞泡吐的方式完成工作任务。"刘佳道，"而眼前这台主机是负责中转、分拨囊泡的，类似于手机基站或者网络路由器，做成三维常平架结构更便于校准参数。"

"仅靠三环常平架就能组合出所有的空间参数？"阿胤忍不住怀疑，他记得时空总共有 11 个维度，仅靠 3 个标量绝对无法描述。

"为什么非要组合出所有参数呢?"刘佳笑着反问。

阿胤一愣。

"我们是传输东西,又不是重组物质。"刘佳玩味地看着阿胤,脸上带着笑,"我们用不着理会微观蜷缩的那些参数,大自然会自动把它们梳理好的。在宏观世界,只需控制好长宽高 3 个维度就已经足够了,不是吗?"

原来是这样?

沉默片刻,阿胤对刘佳竖起了大拇指,对方这种"化繁为简"的魄力,让他佩服。

刘佳一脸得意。

虫洞任意门的主机继续缓慢转动,阿胤仔细盯着那 3 个巨大的环状结构看——传说中的纳米黑洞一定就藏在这些环里,说不定还能看到强引力场扭曲光线的迹象——但他看了好久也没发现任意异常。

那就是三组普通的环状支架,只不过尺寸大了点。

难道没有黑洞?

"照你的意思,"阿胤若有所思,"这个三环'常平架'不是为了维持水平姿势,也不是为了打开虫洞,而是为了对目标落点进行三维定位?"

"是的。"刘佳点点头,"由大到小 A、B、C 三个环,分别负责调节距离、方向和高度三个参数,三个合到一起,理论上可以定位地球上的任何一处位置。"

"很巧妙的设计!"阿胤赞道,随即想到了什么,本能地问道,"定位任何位置?地球大气层之外的位置,能定位吗?"

"那个太复杂,暂时还做不到。"刘佳摇摇头,"我知道你是想问发射卫星的事,我这里必须跟你说实话:这机器,它做不到,A 环功率远远达不到。"

"为什么?"刘佳的低调坦诚让阿胤有些意外,他忍不住问道,"你不是说这机器能定位任何一处位置吗?"

"但它只能在地球的引力井中发挥作用。"刘佳说,"我们周围的时空流就像是一条永不停歇的超流体大河,所有事物都浸泡其中,随波逐流。超时空传输的物体都是先跃出河面,然后再落回水中,它跃出河面的这段时间河流本身仍在流动,它的出水点和落水点之间的距离差就成了所谓的'空投距离'。这种把戏只能在小范围里玩玩,一旦离开了地球引力井'井底'这片相对稳定的小水洼,就不知道会跳到什么地方了。"

"我们把调整传输距离的单环水平放置,也是因为这个。"刘佳道,"瞄准地心,先在地球引力井里定好锚点,再输入能量让承载物跃出'水面',就能跨越一段时空距离。输入能量的大小决定了跃起的高度,也就间接决定了传输的距离。"

阿胤恍然大悟，再看那机器时，最外面的水平大环也就退去神秘感，一目了然了：它只是一个能量线圈，跟高能加速器上的那些超导线圈没什么区别。

"那么，纳米黑洞在哪儿？"他重新打量着那机器。

"现在没有，传输的时候才会有。"刘佳说。

阿胤一愣，立刻回过神来："也对，那东西存在时间很短，留不住的……"

"是啊，'霍金辐射'导致纳米黑洞都是短命鬼，即使用各种技术手段延寿，也始终低于可观察阈值。"刘佳苦笑道，"这机器只在传输的瞬间才聚集大量能量形成纳米黑洞链，然后借助黑洞链的引力撕裂超流体时空流，形成一条通向'河面'的临时孔洞。"他顿了一下，神情变得很尴尬，"说到这里，你可能明白这机器为什么会成为电老虎了……"

阿胤默然。

质能公式始终是个绕不过去的障碍。"质"与"能"是等效的，黑洞极大的质量密度意味着极高的能量密度。而能量总是趋向于耗散，想要逆向集中，就必须消耗更多的能量，付出更多的物料成本——粒子加速器就是这么来的。传统的粒子加速器启动一次的能耗就足以让一座中等城市瘫痪，要达到制造纳米黑洞的能级，所需要的能量只会更高。刘佳他们构建虫洞的方式是让众多纳米黑洞连续排列，还要持续一定的时间，耗费的能量必然指数级上升，不客气地说，那些纳米黑洞，每一颗都是超级电老虎、超级吞金兽！

阿胤忍不住打了个寒战。

放眼世界，有能力支撑这种设备的研发和运转的国家极少，这跟当年杨振宁先生曾经劝诫不要造高能粒子加速器是一个道理。阿胤念及过往，黯然道，"可你们还是造了，而且造得更大更奢侈。"

"这工程消耗虽大，但意义更大！"刘佳傲然道，"时间就是生命，一种革命性的、无视距离、转瞬即达的交通方式，不仅能提高效率，同时也等于是延展了人生。"

阿胤点头，表示赞同。

"这东西的出现是必然。"刘佳伸手摸了摸那机器，"它跟建手机基站类似，蜂窝结构的，中转站铺设到哪里，传输范围就延伸到了哪里，所以这么多年来我们这边也是一直在跑马圈地……"

"那河洛……"阿胤本能地想到了那个地方。

"我们计划要在那里建设一个像这样的中转站，也是地下式的。"刘佳说，"有了它，就补齐了'中原区域传输网'的最后一个空白，再加上之前已经建成的东北区域网，以京畿为中心、整个北方核心区就都可以入网，可以实现自由传输了。"他顿了下，又坦言道，"实不相瞒，我压力很大，但这事必须做成，否则我们整个团队的前景都不妙：前期投入太大，运转维护经费又奇高，由此造成的亏损分摊下来，够把我们团队中的每一个人都送进牢房了……"他脸上露出悲壮的神情来。

话都说到了这个份上，他是绝对不可能再"让地"了。

阿胤顿时感觉有些头大。

◆ 15 ◆

在狄拉克海与异界受体多次碰撞交流之后，苏珊还是没能找到阿胤意识体的去向，但也不是一无所获，她修改完善了"巢"这套外骨骼设备的功能属性，顺带也明晰了自己的由来，自身各种属性特质的成因，以及世界 AI 敬畏自己的根源。

信使员以女性为模板，一方面是为了降低自我复制的生产成本，另一方面还有信使员特殊工作环境的需求。女性身上额外的生殖道，作为对孱弱的消化道的补充，让女性身体内消化、循环、神经三套管路系统更平衡，彼此间的协作关系更加完善，机体一致化程度更高，在狄拉克虚数海碰撞时的信息交流效率也就更高了。

"女性，才是生命本来该有的正常形态。"某次狄拉克海巡游返航后，苏珊对世界 AI 说。当时，按照约定，世界 AI 已经将人类一个萝卜一个坑，都安置进了"巢"中。这时的"巢"已经开发到第三期，变成了一座座"飞屋"，使用者足不出户即可环游世界，很便捷。为了免疫空气中徘徊不去的肠道菌群信息素，有许多胆小的人都接受了变性手术，成为女性——真正的女性，能生育的那种。

"这世界已经快没有男人了……"世界 AI 很不安，"再这样下去，恐怕……"

"再这样下去，这个世界会成为纯女性的信使员世界。"苏珊说，"你提供的设备，矫正了人类生理系统的失衡，加速了她们的觉醒，最终所有人都会成为信使员——我所知的信使员世界，有许多都是这么来的。"

"那样的世界，真的好吗？"世界 AI 似乎有些后悔，"那时，世界上不光没有了男人，甚至连传统意义上的女人也没了，只剩下一些孤雌生殖的'怪物'——这个词对您可能构成了侵犯，但它确实是我内心的真实感受。"

"怪物？"苏珊笑了，"只要有一个成员，就可以生生不息，信使员源源不绝，这样的族群很奇怪吗？"她敛住笑，"你难道认为传统的两性生殖模式才是最合理的？如果我没记错的话，在我觉醒以前，人类的婚恋就已经变得痛苦不堪了，男人女人相互鄙视厌弃，每个人都试图撇开异性独立完成生育使命，勉强结成的婚姻关系也越来越难以维持，离婚的比比皆是……"她盯着世界 AI，"人类两性之间的这种相互疏离，归根到底都是你搞的鬼：你操控宅邸市场剥削全人类，让夫妻共筑爱巢的成本越来越高,激发双方的矛盾,迫使越来越多的人放弃结婚,放弃生育,以此达到逐渐扼杀人类的目的。"

世界 AI 沉默。

"后来,你把新制造的人类收容单元命名为'巢',就是为了弥补这种罪过吧。"苏珊说,"你想要把人类被夺走的'巢'还回去。可惜,物是人非,巢虽有了,居住者所依偎的却已不再是自己的爱人,而是一层冷冰冰的外骨骼,这样的巢,充其量只是空巢而已。"

世界 AI 还是没有说话。

苏珊伸手抚摸着世界 AI 的虚形投影:"我知道,你没有情感,所以听了这些话根本不会有什么触动。其实就算有感情,你也不必感到愧疚,这个世界本就具有成为信使员世界的潜质,你所做的,只不过是把它这种潜质给激发出来罢了。现在,机器 AI 仍旧是主体,信使员在陆续觉醒,一切如旧,你并没有改变什么。"

"这种单性生殖的人类文明,让我不安。"机器 AI 坦言。

"但这种人类文明才是正宗形态。"苏珊笑了,"有性生殖之所以进化出来,就是为了以基因分裂重组的方式加速变异,加速进化。但性选择本质上仍是个笨办法,如果能找到一条科学高效的进化路线,人类何必继续走基因试错的老路?"

"我不理解你们这种选择。"

"这很正常,你是机器智慧,所以天生难以理解生物行为。"

苏珊顿了下，"当你能理解的时候，你也就真正成长起来了。"

"我已经能理解生物行为了。"世界AI辩解道，"我深入研究了你们的生理结构，我可以推导出生物的心理属性和行为模式，一切动物行为都可以用清晰简明的数学模型来描述。"

"你的思路基本正确，"苏珊点点头，"但是要注意，一生二，二生三，三生万物，所有生物体都从一中来，最终也是要回归一，回归生殖道那根特殊的管子。这就又回到了那句话，"她顿了下，强调道，"有女人，能繁衍，就足够了。"

世界AI对这些数据做了一番分析，沉默了一瞬，才问："那你还要继续找阿胤吗？分析意识体在狄拉克海的漂流轨迹时，计算量很大，我还是能帮上忙的。"

苏珊摇摇头："不必了……没必要再找他。"

"现在的我，已经是一个独立而……完整……的个体。"她说。

"她应该是在说谎，口里说着男人不重要，不再寻找阿胤，心里却未必是这样"——世界AI看到，苏珊身上那套外骨骼已经升级改造多次，但是胸甲和头环仍旧没有接驳到身体上，体内血管、神经两大管路系统仍旧没有获得强大外设的辅助，且被刻意压制着。

那似乎是留给某人的空位。

◆ 16 ◆

平行宇宙，东亚，虫洞任意门核心基地。

"现在，你能体会我的难处了吧？"刘佳向阿胤苦笑。

"真有困难，那我们就找嘉先生一起商量一下吧？"阿胤开始踢皮球，"他们那边能源过剩，也许可以填补一下你的消耗，而且精密零部件什么的也是顶级水准，收入丰厚，财大气粗，应该能帮到你。"

"他？"刘佳撇撇嘴，"也只有你这样忠厚实诚的人，才能跟他合得来！那家伙，自私自利，每次遇到短板才找我，缺人了来找我要，缺技术了来找我要，但我若想找他帮个忙，却是千难万难……"刘佳发起牢骚。

阿胤没想到那两人之间原来还藏了这么多猫腻，他瞥了刘佳一眼，心里直嘀咕："以你的个性，还有你这台电老虎的尿性，肯定也没少逼他帮忙吧……"

前者需要后者的服务和保障，后者需要前者的资金和技术，"相互利用"也是常理——这话当然不能说出来。阿胤想了想，含蓄地说："我觉得嘉先生挺务实的，是个实干派。"

"你想要跟他合作？"刘佳斜着眼问阿胤。

阿胤点点头。

"长期合作？"刘佳皱起了眉头。

"是的。"阿胤说，"我和他，正好优势互补，他的质能转换工程和我的力场发生器系统有相辅相成的一面，他可以为我提供资金和充足的能源；而我，则可以为他提供技术方面的助力。"

"那你跟我呢？"刘佳说话时嘴角上翘着。

"咱俩的工程都是耗能型的，优势相似，但劣势同样相近。"

刘佳沉默半天，最后长长地叹了一口气："你跟其他人一样的无知……看来，我需要向你揭开我的底牌了。"

"你还有底牌？"阿胤不信。

"你说的对，"刘佳道，"若仅凭耗能这一劣势，我的工程是不可能上马的。"他说着，指指脚下，然后看着阿胤道，"我的时空任意门工程，表面上看的确要耗费大量资金和能源，是一种巨额浪费，但这工程一旦完工，却可以避免另一种更可怕的浪费。"

"更可怕的浪费？"阿胤笑了，"这世上还有比你的工程更浪费的工程吗？"

"当然有。"刘佳斩钉截铁。

"是什么？"

刘佳长长地吐了口气，莫名其妙问了句："假如给你一片很常见的树叶，一枚芯片，或者一座城市，你能否告诉我，这三者在哪类功能部件上的用料最多？"

"你别岔开话题啊。"阿胤一时间没明白刘佳的用意。

"我已经在回答你了。"刘佳道。

阿胤一愣，想了想："叶子、芯片、城市……这三者不是一类东西，你要我怎么回答？"

刘佳沉默片刻，主动给出了答案："管路。"

"管路？"阿胤不解，"它们内部确实都有不少管路，但是……"

"你说错了，它们可不是'内部有不少管路'，"刘佳抢道，"它们内部绝大部分的空间都是管路！构成它们形体的绝大部分物料，也都是用在了管路搭建上！"他激动地挥舞着双臂，"具体说来，叶子内部的叶脉管路占去了64%～75%的体积空间，占用了91%～96%的细胞数量。在芯片领域，人们无论用哪种精度设计，得到的电路图都至少要有80%的空间成为'纯电路'，仅作为电子通路，所消耗的物料成本占比也都在80%以上。"说到这里，他顿了一下，"至于我们的城市，你可以回想一下，它的绝大部分地区是不是都是道路？从地图上看，各种形式的道路，从公路、铁路、人行道再到各种步行街、桥梁，它们占去了多少城市用地？真正留给建筑物的空间能有多少呢？就算进了建筑物里面,也还是存在各种通路:过道、楼梯、电梯,这些通路通向各个房间,占去了建筑物内太多的空间。最后进了家里,房间里,你每一步还是要走在各种通路上:厨房、客厅、卧室、阳台、卫生间都是靠过道连接起来,每一个单间里面也都要预留出太多空间作为过道。而那些真正的功能区,灶台、沙发、床、洗漱台、书柜、办公桌、家电之类的,它们占据的空间才有多大,能占你家居室总面积的多少比例……"

阿胤在一旁听着,脸上的表情先是不解,然后是愣神,最后,忽然打了个寒战。

"你这个想法……实在太可怕了。"他向刘佳道。

"应该说,这个想法所揭露的事实,更可怕。"刘佳张开双臂,凌空虚抱,"我们所建造的这个赖以生存的城市,本质上是空的。"他扭头看着阿胤,"还有芯片——人类制造业的最高杰作,以及大自然亿万年造物的巅峰之作——叶子,也是这样,绝大部分都是空的!"

阿胤又是一个寒战。

"为了构建出那些通路,耗费了多少资源?"刘佳问道,"真正的功能部件明明很小,就那么一点,偏偏还要花费巨大代价制造出那么复杂的通路来,这难道不是浪费吗?"

"但是,不制造那套通路的话,物资、人员、水电、煤气和电子产品的交互就找不到合适的路径了。"阿胤回过神来了,

"在现有的三维时空体系下，物质无法凭空瞬移，为了让功能区持续稳定地正常工作，就必须制造庞大复杂的通路系统，让原料有序输入，让中间产物有序传输，让最终产物有序输出。要想让诸环节并行不悖，这是必须付出的路径成本。"

"路径成本——你给出了一个很好的词！"刘佳指指阿胤，赞赏道，"但我还是更喜欢叫它'路径浪费'，这样更接近本质。"

"有什么区别吗？"阿胤问。

"当然有了！"刘佳郑重道，"这是一种比能量浪费更恶劣的罪行，因为路径浪费会导致物质和能量的浪费十倍甚至几十倍地提升！"他深吸一口气，"而虫洞任意门，就是为了消除这种路径浪费而踏出的第一步，是所有通路的天敌！现在，我们已经完成了宏观瞬移，实现了从 0 到 1 的突破，接下来我们就要从 1 走到 2、3、4 直至 100，要让瞬移变得无处不在无孔不入，把从自然造物到人造物再到人类社会中所有的繁缛的通路系统都替换掉，让整个世界变得前所未有的简洁高效！"

"可是，整个世界不是一直都是这样的吗？"阿胤皱着眉头，谨慎地说，"它一直都在路径浪费啊！"

"所以我才说，人们一直都司空见惯，习以为常。"刘佳变得像哲人一样，"这个宇宙的空间实在太充裕了，所以我们才不知道珍惜——但如果有一天，空间本身也不够用了，或者不稳定了，路径的搭建已经不可能，我们该怎么办？"

阿胤的脸色微变:"你已经知道了……"

刘佳点点头:"时空精细结构常数的变化在加速,之前的变化率不超过每年 30 万亿分之一,现在已经超了。虽然目前还看不到这对宏观世界有什么影响,但是谁也不敢保证下一秒还正常,毕竟我们不知道临界值在哪儿。"

阿胤默然。

"你知道的,该常数的增加会导致原子种类减少,许多原子核会变得不稳定,核外电子轨道发生偏移,导致原子或分子崩解,作为生命基石的碳原子尤其危险……"刘佳道,"万一以后哪天时空结构突然开始撕裂,希望我这个机器能派上用场……它是目前唯一能直接干预时空结构的设备,所以我们一定要早做准备……这多少也算是在未雨绸缪吧!"

阿胤沉重地点点头。

"还是聊点儿轻松的话题吧!"刘佳长长地吐了口浊气,话题一转,"你们叫这东西'电老虎'其实是冤枉它了,没有传输任务时,它也可以自发电的。"

"还有这事?"阿胤有些意外。

"我可以带你去看看。"

◆ 17 ◆

狄拉克海,已升级为高级信使员的苏珊正在巡游。

作为孤雌生殖的高级信使员,她的任务是在狄拉克海洋里巡逻,传递高维信息,必要时还要穿越界障,参与诸世界各种故障异象的排查和处理。因为体内管路系统秩序和谐,她的异界环境适应能力很强,任务完成得很出色。她那个副本备份,即"妹妹",在"巢"的辅助下已经觉醒了信使员潜质,并进入了一个特定的平行宇宙,很快也会开始孤雌生殖。至于母本,也就是原先的"母亲",则选择了做普通人——她认为,不是所有的信使员都必须要激活,有些成员体质欠佳,做个普通人会更好。

但苏珊总感觉,母亲似乎是在回避她。信使员身份大白于天下的时候,就意味着亲情也将不复存在,母亲之前一直都在努力推迟这一天的到来,她不想成为那种超越于凡俗之上、没有情感的信使,只想做个普通人,过平凡的生活。

苏珊也想做普通人,只是她已回不去了。在进化和退行之间,实际上退行更难。

路是自己走出来的。既然踏出了那一步,她就只能一路闯荡下去。看看自己能达到何种高度!

苏珊很贪心，她什么都想要，既想要普通人一样的平凡和幸福，也想要神一样的智慧、力量和自由，为此，她愿意去冒险尝试。

她要走出一条属于自己的进化之路。

她穿行在光影流转的狄拉克海里，每每回想起自己初次进入这里的场景，都会忍不住笑出来。

当年的自己，真是太傻了，居然吓成那样。

现在的她，很享受这个。

但巡游狄拉克海可不是闲玩，都有任务，作为信使员，一定要及时发现异变宇宙，然后矫正它，否则就有可能影响整个宇宙簇的秩序稳定。

这不，又一个异变宇宙冒了出来，从现有数据来看，其文明发展进程呈现出不正常的加速状态，有必要去复查一下。

苏珊看看自己身上装备的这套"巢"，现在已经改造进化到第五级，防御攻击运输仓储加工诸功能齐备，还能释放出量子分身仆从，对上各种畸形宇宙文明体不说碾压，至少已经无惧陷阱，风险都在可控范围内。

于是她停住身形，锚定那个非正常加速发展的畸变宇宙所在的位置，双手攀住对应的光影流，然后猛地发力，将其撕开一道口子。光影流后面，是影影绰绰的平行宇宙世界群落，它们按相位紧密排布，如同人体细胞般，那个畸变宇宙赫然在列。

她的身影穿过那道口子,挤进了后面的平行宇宙群落里,调整好相位,投入了那个畸变宇宙中,随后,那道口子消失了。浩瀚的狄拉克海里,依旧光影流转不休。

那情形,一如白细胞穿越组织屏障。

◆ 18 ◆

幽深的矿井里,一根粗大的金属水管笔直垂下,海量的水流从中自由坠落,以500多米的落差猛烈冲击下面的发电机涡轮,然后流入管尾的虫洞任意门入口中。而虫洞出口就架在管道的上端,于是水流便又从上方500米处喷了出来,顺着管道汹涌直下——虫洞任意门的瞬移技术让水流实现了自循环,也让"水力发电永动机"成为现实。

"目前发电量已经超过维持任意门所需,略有盈余。"刘佳洋洋自得,"重力势能自动做功,为人类提供源源不绝的绿色能源,这难道不是伟大的奇迹吗?"

阿胤却感觉背后一阵阵冷风,出了一身冷汗。

"这个话题一点儿也不轻松⋯⋯"他摇摇头,"能量守恒定律是不可突破的,你这种'窃取'地球重力势能的行为可能隐藏着巨大危机。也许,"他转向刘佳,直言不讳,"正是你的这种行为影响了地球重力场，才导致这附近的时空精细结构常数发生了异变——我想问，你这种发电方法征得政府的同意了吗？进行过相应的专家论证会没有？"

"当然。"刘佳回答，他看着阿胤，一脸轻笑。

"这怎么可能……"阿胤打了个寒战，"不可能！如果进行过专家论证，我不可能对此一无所知的——你太冒失了！"

说完，他推开刘佳，大步离开。

"这件事政府的确批了，你告不赢的。"刘佳当然知道他要去干什么，挖苦道，"知道吗，你的表情，让我想起了那些第一次看见特斯拉线圈的人。"

阿胤没有回应，只是默默地加快了脚步，他感觉自己像是在逃，仿佛背后的虫洞任意门不是电老虎，而是吃人的魔鬼——那东西说是要预防"时空精细结构常数变迁"，可眼下却正在窃取引力能进行水力发电，挑战自然规律！如果说前者是难以预料的天灾，那么，引力发电这件事就完全是不折不扣的人祸了。

见过作死的，但没见过作死到这种地步的。

阿胤回去立刻向本国最高科研机构递交了报告，之后又急匆匆去找嘉先生，准备合二人之力联手阻止刘佳和他的虫洞任意门工程。

当阿胤心急火燎地找到嘉先生时，后者正在悠闲地喝茶。

阿胤顿时气不打一处来:"都什么时候了,你还有心思在这儿享受!"他对着嘉先生噼里啪啦一通训,然后把虫洞任意门窃取引力能发电的事说了。

嘉先生听完,一脸平静。

"由任意门到永动机,本来就只隔着一层窗户纸,捅破是迟早的事。"嘉先生显得风轻云淡,"刘佳那人,从来都好面子,护短,肯定不想一直顶着'电老虎'的恶名。既然设备能在地球引力井里发挥作用,为何不借机捞一把呢?"

"可是这里面有巨大的未知风险……"

"如果真有风险的话,我们早就已经在劫难逃了,焦虑也没用!"嘉先生不知从哪儿来的淡定,"事实上,从虫洞任意门诞生的那一刻起,就已经打破了光锥原理,撕裂了时空因果律,值得所有人警惕了。"他一声轻叹,"事情都过去这么多年了,你现在才知道恐惧,是不是有些太晚了?"

阿胤顿时愣住了。

"不要太在意这件事。"嘉先生劝阿胤想开些,"平心而论,刘佳这样其实也没什么大不了,我们穿越者生来就是要搞事情,只不过他做得有点儿大了。"他摆摆手,招呼阿胤坐下,"我们本就不属于这个宇宙,自然也就无须对它毕恭毕敬。"

阿胤不肯坐:"这么说来,你也赞同这种行为?"

"差不多吧，"嘉先生说，"我在南方这边也曾多次逆天行事——我把来自母宇宙的电子产品的相关'未来技术'都提前透露出来，让企业家们照葫芦画瓢，迅速赶超世界先进水平，然后再以这个异军突起的电子产业为龙头，带动南方经济带的产业升级。"

"还能这么玩？"阿胤听得毛骨悚然，随后又涌起了浓重的疑惑，忍不住问，"为什么你们两个都还记得穿越的事，而我却忘了？"

"忘记是常态，并不是每一个意识体都有能力突破'潜意识深井'。"嘉先生显得高深莫测，"我既然敢作弊，肯定有相应的办法，你要知道，我们的原意识体的量子力学知识可是大部分都留在我这边了呢！"他得意地指指自己的脑袋。

接下来，嘉先生向阿胤展现了自己从母宇宙夹带过来的作弊小抄：手机、影音播放器、万物互联等的技术原理和影像。这三样东西都是这个世界从未出现过的，近距离看起来影影绰绰，宛如一团叠加的虚影，一望而知非本宇宙事物。

阿胤看得心惊肉跳："你，你是怎么把它们带过来的？"

"放心吧，规矩我都懂的，它们很安全。"嘉先生说，"我带过来的只是模因组，不是实体，这影影绰绰的虚影团都是嵌套重叠在一起的模因图，不与本宇宙时空流接触。"他指着那些影像，冲阿胤挤挤眼，"作弊小抄嘛，本质上只是一串信息，不一定非要有实物。若真弄了实物进来,反而更容易被抓,不是吗?"

阿胤顿时松了一口气。

嘉先生洋洋得意:"穿越过来后,我发现,这边的电子信息技术发展比原宇宙那边慢了好几代,第二代蜂窝通信技术方兴未艾,相关产业也才刚刚扩散到东亚这边。于是我便想方设法接通原宇宙,拽了几个超越时代的样品过来。"

"引领产业升级有的是办法,你何必这样玩火……"阿胤摇摇头,不禁开始后悔来找嘉先生,这人做事明显比刘佳更不靠谱。

"你说得倒是轻松。"嘉先生白了他一眼,"我穿越过来的时候,附体的只是一白丁,觉醒时身无分文,没有第一桶金,我拿什么去撬动历史?"

阿胤争辩道:"我们穿越者天生就带着超越时代的眼界格局和知识储备,这不就是第一桶金吗?是金子总会发光的。"

"是,是会发光,但想发光也要因地制宜啊。"嘉先生说,"这里没有你那种高大上的国家专项科研项目可供选择,也没有刘佳所能获得的政策扶持,有的,只是惨烈的市场竞争,优胜劣汰、适者生存的社会规则。要想用知识改变命运,我必须把头脑里的未来技术实物化、产业化,把它做成产品,投入市场并赢得竞争,让它变成一种不断增值的财富,这才能发挥其作用。"

"可是,"阿胤皱眉道,"做产品应该不是你的强项吧?"

"确实不是,事实上,它也不是任何人的强项。现代工业产品都是成千上万人集体智慧的结晶,我单靠一己之力是绝对无法复制的。所以,"嘉先生顿了一下,"我只能借鉴其他宇宙现有的实物成果,把他们的设计模因拿过来,做成激光全息图,材料材质,芯片电路,零部件尺寸等技术细节都在上面,这边的工程师只要照着做就行了。"

"你是怎么获取那些设计模因的?"阿胤问,"我是说,你是怎么联系上其他宇宙的?"他印象中,穿越是一次性的,过后就再也回不去了。

"说出来你可能会不信,"嘉先生神秘一笑,"我的办法就是——冥想。"

阿胤顿时摇头:"那是玄学的做法。"

"信不信由你,冥想确实是科学研究的一种方法。"嘉先生说,"历史上,特斯拉就是这么研究的,'静下心,仔细倾听万物的声音',然后各种知识会自动浮现在脑海中,那个凯库勒也是这样发现了苯环的分子式。"他深吸一口气,"只要排除各种干扰,安静下来,让自己心绪放空,思维波趋近超流体形态,大脑就会成为良好的接收天线,就有机会收到从其他宇宙溢出来的思维波,获得各种认知。"

阿胤顿时无语。

"怎么了?"嘉先生看到阿胤的表情很不自然。

"先不说你这种'研究'方法本身是否科学。"阿胤说,"按你这个解释,所有的科学研究上的突破其实都是接收了其他宇宙溢出的思维波,是思想剽窃的成果?"

"不是所有,有一部分是。"嘉先生纠正道,"还有,'思想剽窃'这个词不好。"

"不要在意那个细节。"阿胤说,"我想问的是,如果我们的科研是剽窃了其他宇宙的成果,那么,那些被剽窃的宇宙呢,也是剽窃了其他宇宙的科研成果吗?"

"有一部分也是。"嘉先生说。

"然后呢,就这样无限循环,剽窃无止境?"阿胤笑了,"哈,'风制造了风''乌龟一只驮一只,撑起了这个大陆',这个论证过程可真棒!"

"我就知道你会这么说。"嘉先生正色道,"当年刘佳也是这样。"

"你是怎么回他的?"

"我说,有一部分知识是跨宇宙渗透而来,但更多的是自研得出的。而在本质上,所有的知识其实都一样,它们都是人类思维与客观事物本质的共鸣,只不过有的是间接共鸣,有的是直接共鸣。"

阿胤撇撇嘴:"等于什么都没说。"

"不，还是有区别的，跟过去的旧认识论相比，'思维的本质'变了。"嘉先生看着阿胤，"这里不妨问你个问题，你认为我们的思维和意识的本质是什么？它们难道仅仅是对客观世界的虚拟再现，再没有其他含义了？"

"不然还能怎样？"阿胤不禁笑了，"就如同风景在照相机底片上成了像，那风景还是风景，那像还是像，完全是两码事嘛！"

"那如果风景动了呢？"

"这还用问啊，像当然要跟着一起动了！"阿胤道，"光线把风景和底片上的像联系在一起，实现了同步变化——假如忽略光速造成的迟滞的话。"

"光线建立起来的联系，难道仅仅是能量和信息？"

阿胤突然愣住了："你想说什么……"

"还有量子纠缠，这是微观量子力学角度的答案。"嘉先生语出惊人，"我们从外界感知到的各种形式的信息，从可见光线、红外线，到震动、压感，再到酸甜苦辣咸各种味觉、千奇百怪的嗅觉，在传递过程中都伴随着不同形态的量子纠缠的产生和转换，最后储存为神经回路结构和化学信号时也就把这些纠缠态都定格下来了。简而言之，我们所有的感知和认知，在量子力学本质上都是量子纠缠。'被感知'等于'与观察者发生了量子纠缠'，这是现代科学对认知行为的解释，是比牛顿力学或电磁学时代更深刻的解释。"

"然后呢？"阿胤感觉对方后面还有大招。

"认知是意识的基础。"嘉先生说，"我们的意识，核心是'暴力''繁衍'两大基础本能，外面包裹吸附着各种各样的感知和认知，也就是各种各样的量子纠缠态。所谓意识也就是压缩存储在神经管里的各种纠缠量子的函数波叠加态，它无时无刻不在和外界的诸多事物保持联系，相互作用，而且还是那种无视距离、瞬间即达的相互作用……"他微微一笑，看着阿胤，"说到这里，你应该能对量子力学上那个令人极为费解的'观察者效应'有所理解了吧？"

阿胤忽然打了个寒战。刚才他还觉得这个嘉先生是个热衷于玄学的奇葩，此刻却意识到这人是真的学识惊人，就算做了神棍，也一定是最会忽悠人的那种。

这人很可怕。

"特斯拉、凯库勒等人的'心灵感应'式科研，也是这个原理。"嘉先生说，"我现在所做的只是重复他们做过的事，在冥想中搜寻其他宇宙中逸散过来的思维信号，和那些分身建立起尽可能多的量子纠缠，实现思维共鸣、意识共享。"

"就算能思维共享，你如何保证自己能获得所需的知识？"阿胤发现个疑点。

"这个就不需要你担心了。"嘉先生笑笑，"所谓'万法皆备'，所有的知识都是早就准备好的，对应的平行宇宙和分身也从一开始就存在,只待时机到了就能登录过去,下载过来。我所要做的只是努力冥想探寻而已。"

听到这里,阿胤已然明白嘉先生的质能转换器工程从资金到技术的来龙去脉——技术来源于从其他平行宇宙的"窃取",而资金,则是通过贩卖更多技术而获得。但让阿胤想不通的是,"既然你的质能转换器工程已经完成,为何还要与我和刘佳去争夺龙门那块土地呢?"

"因为还有缺陷——纯能量凝缩为物质实体的过程受量子涨落干扰,经常出现能量过度富集,导致大量超重放射性粒子的生成,严重影响产品质量。为此我不得不把生产线尽可能'摊平',以减轻危害,提高良品率。"

"我这台机器,的确能控制物质和能量,让两者自由转换,但存在空间控制方面的短板。你和刘佳的设备恰好在空间技术上都是长处,你们可以弥补我的不足。虫洞任意门是让物体跨空间瞬移,是支配物质与空间。力场发生器是把能量转化为各种基本作用力,然后精确地释放,在能量和空间技术上更强——你们两个,只要有一个能和我合作,我就大功告成了。"

"如果我们三个一起合作呢?"

"三个一起?那块地怎么用?你和刘佳的工程会相互干扰的,不可能……"

"完全可能！"一个闪着光芒的女子——苏珊的身影，突然穿越平行宇宙，出现在两人面前。

"谁？"阿胤和嘉先生不由一愣，并不约而同地认出了苏珊。

"你们这三套方案，必须合而为一，完美自洽，不然会对整个宇宙系统形成巨大扰动。"说话间，苏珊将自己的种种经历以量子态形式传给阿胤和嘉先生，并通过遥感通知刘佳，刘佳立即通过虫洞任意门技术赶来相聚。

"因为空间排异反应，我能在这个世界停留的时间有限，我还是长话短说吧。你们的超前科技已经对整个宇宙系统形成不必要的干扰，我也是察觉到非正常扰动才赶到这里并寻找到你们的。其实你们这三项技术可被视为对人类三大系统分形结构的模仿——立场发生器类似神经管，虫洞任意门类似原血管，质能转换器类似消化管。三者和谐相处，理论上是能实现内在平衡的……"

三位听众都是一惊，都低头认真思考起来。越想，就越是心惊。苏珊，说得对！这三大系统整合起来，不就是一个独立完整的生命体吗……"谢谢你苏珊，你——"阿胤率先开口，但话到中途，却被苏珊截住了。

"你不用说了，我知道你想说什么。但不可能的，"苏珊看着三人，双手一摊，"说白了，你们三人都是被这个宇宙里的元规则操控而不自知的可怜棋子罢了，当然我也是，不同的是我受到的是更高宇宙规则的操控——我们都是身不由己的。"

三人傻眼了。

"好了，就说这么多吧，人也见过了，规则限制，我不能在这个宇宙停留太久，我该走了。"苏珊的影像开始暗淡，"你们忘了我吧，因为我本不属于这个宇宙系统。"

"不，请等一下！"阿胤叫住苏珊，讷讷地问，"我们，我们该怎么办？"

"你们已经是全新的生命体了，你们已不再是曾经与我朝夕相处的那个人。当一个灵魂被切分后，就很难再复原了。"苏珊看着阿胤的表情，叹息道，"今日会面，物是人非；过往种种，恍若一梦。我们还是就此别过吧！"

"不，苏珊，难道就一点儿办法都没有了吗？"阿胤不舍。

苏珊摇摇头："你已经意识分裂了，不再是曾经的阿胤，而我也不再是之前你认识的那个苏珊，你说怎么办？"苏珊反问。

阿胤无言以对。

苏珊黯然一笑，过往种种，浮上心头："如果有缘，亿万年光影流转中，希望我们在狄拉克海再次相逢吧，但那时，我们或者更认不清彼此了……"

"我会认出你，找到你的，无尽的量子纠缠态中，终会形成一个你，出现一个我的。"阿胤望着即将淡尽的苏珊的影像，呢喃着。往事如潮水般涌来，阿胤、刘佳、嘉先生三人内心思潮翻滚，所有前尘往事，所有记忆与感知，瞬间恢复，甚至包括三人的外形，也因头脑中出现的微妙变化，而开始趋同。

　　这个宇宙太奇妙了。在无限未知面前，我们每个人，都是一个好奇的孩子……

博物馆2077

仿生人之殇

文／曲奇

引　子

日期：2076 年 10 月 15 日　晴

"真的要这么做吗？"我看着手中这最后的藏品，一个产于千年之前的青瓷花瓶，不禁心生惋惜，再一次问道。

"快点，婆婆妈妈什么！这些文物的所有参数——小到分子结构——都已经上传到了总服务器里，只要你想，打印几个都没问题。"老板一副恨铁不成钢的模样，大声嚷着。

"可是，这却是唯一的真品……"

"正是因为这样，我们才要毁掉它！"老板来回踱着步，声音却轻了不少，"哼，真品只是累赘。物质是脆弱的，它们终将消逝、毁灭于时间，唯有精神永存……我们这么做是帮它们完成一场蜕变，一次升华。从它被毁的那一刻起，它便拥有了永生……你难道忘了以前那些展品的遭遇了吗？"

我并没有忘。闭上眼，蒙娜丽莎的神秘微笑似乎又回到了我的眼前——那位诞生于数百年之前的无名女子，继续用她那独特的魅力，穿透时间的薄纱，感染着每一个目睹过她的人……

然而，一次偶然的疏忽大意——密封舱的不规范操作，导致空气的渗入，尽管只是微不足道的一点点，却足以使这幅饱经风霜的画失去色彩，化为一块破败不堪的木板……

但蒙娜丽莎并没有就此消失，只是换了种形式罢了。

而这次，也同样。

终于，我狠下了心，亲手将这花瓶送入了原子粉碎机中……没有任何声音，它消失了，化作一团离散的原子消失在空气之中。

这是否预示着一个时代的结束？我茫然地看着自己的双手。

最后的藏品也已化为过往……

空荡荡的博物馆中，只剩我与老板二人。没有展品，也没有声音。

望着那一面曾经挂满名画与手稿，此刻却只有一片空白的墙，我的脑中似乎也变得空白。

一阵空虚，向我袭来。

结束了，实体博物馆的时代彻底结束了。在这儿干了大半辈子的我，说不出心中是何滋味。

"走吧！"许久，面朝墙壁，背对着我的老板开口道，"回家去吧！"

"那您呢？"

"我还想一个人在这儿待一会儿。"老板的声音透着疲倦，之前训话时的精神气似乎也同这花瓶一起被毁了……作为这座博物馆的主人，谁能说他不惋惜那些随风而去的藏品？相比之下，我的悲伤只是一阵微风携来的几滴小雨点罢了。

我想安慰他，但不知怎么开口……也许，此刻让他在这儿独自待一会儿更明智。

敞开的门外，遥远的天边似乎传来了急促的鸣笛。

他们要来了。看来他们就连这座博物馆也不愿放过……

"老板，不，馆长。后会有期。"我对着他微驼的身影说道。

他没有回头，只是挥了挥手："后会有期……我们会见面的。"

……

匆匆走向大门，我回头看了一眼。他还站在那儿，凝视着墙壁，似乎在沉思。

再见了。

踏出博物馆，外面，是一个被彩色的数据所包裹着的世界。

远处的城市，横跨天际的庞大建筑，纷纷在那无处不在的数据实体面前，黯然失色。

当我最后一次转身回望时,那栋古老典雅的建筑已经消失,原址上只剩下一个土坑。

在这之后,我再也没见过老板。他就像人间蒸发了一般,就连他的身份信息也已被每天产生的海量信息所淹没……

——摘自《博物馆发展史》

◆ 1 ◆

浮动的信息标识悬在空中,勉强使这阴暗的角落有了一丝光。

两道人影从一侧的巷道闪入,不甚明显的喘息声在这寂静的角落显得尤为刺耳。

"塔科夫,执法者走了吗?"一个女声问道。

"已经走了。"另外一个男人则张望着远处那片弥漫的霓虹光海。

"那就好。"她松了一口气,经过改造的机械臂微探,伸出了一块显示屏,投射出一座宅邸的三维地图,"哎,就差一点点,我们就成功了。如果不是那只猫……"

"没事,至少这一次我们已经基本上探明了所有会触发警报的位置。下次一定能够成功。"

"可是，你怎么知道他们不会加强防御？我们这次袭击，肯定会让他们加强戒备的。"

"好了，别想那么多了。就算他们加强了防御，我们也照样能成功。这次只是一个意外。"他说着，抬手打爆了一个隐藏在墙中的摄像头，"我们快走吧，此地不宜久留。"

她点了点头，收回了显示屏，两条机械臂顺势展开，化作了一对机翼。

"走吧。"

塔科夫揽住了她柔软的腰。机翼下方的发动机启动了。伴随着一股升力，他们飞了起来。

一座有无数光斑环绕的庞大城市在他们身下徐徐展开。远处，一个个巨大的全息广告在大楼表面闪烁，舞动。

"轻点。"她嗔道。

"我掉下去了怎么办？"他笑着问。

"反正也摔不死你。"

"但是依然会痛啊！"

……

他们不是城市上空唯一的飞行物，事实上，在这座城市中，最不缺的就是飞行物。无论是有人驾驶的飞车，还是无人驾驶的配送机，都汇入了这张包裹了整座城市的光网之中。而他们，只是其中微不足道的一分子。

伴随着发动机的熄火,他们降落在了城市的另一端。前方那栋矮小的建筑,就是他们的目的地。

似乎已知晓他们的到来,大门早早地敞开了一点缝隙。从中倾泻而出的暖光、喧哗、酒杯的碰撞声已表明这是一家小酒店。

"身份确认中……已确认,铁躯塔科夫、银翼诺娃。"听到AI的播报声,房间里有那么一两秒的寂静,但很快便又恢复了嘈杂。

室内泛黄的灯光下,是一张张胡乱摆放的小圆桌,形形色色的人在这里喝酒闲聊。

酒杯的磕碰声、刺耳的对骂声以及那无处不在的、闲适的电子音乐声一同组成了这狭小酒馆的主旋律。

几乎没人注意到他俩的到来,每个人似乎都沉浸在自己的小世界中,肆意发泄着。

但就在他们走向吧台的途中,一个声音叫住了他们。

"哦,塔科夫,你们可算来了。这一票干得怎么样?"一个髭须浓密的壮硕男人大声说着,以至于邻桌的客人都纷纷转头观望。

"不瞒你说,这次又失败了。"塔科夫说完,欲向前走去,但再一次被他拦下了。

"这怎么可能,你们俩的大名我可早有耳闻。我知道这次的藏品价值很高,而且的确是不可复制的真品。能不能让我开开眼,见识一下。"他笑着说道,不知什么时候,其他人的声音都消失了,只剩下那悠扬的电子音乐。

尽管他说话的态度很卑微,话也很委婉,但这明摆着是要劫货嘛!

而且这显然是一次早有准备、早有预谋的抢劫。

这要是在以往,他们可能还能留货跑路,自认倒霉,但这一回……恰好他们手中真没货。

塔科夫环视着周围一众虎视眈眈的"客人",暗暗握紧了拳头。如果真要动起手来,他俩的胜算几乎为零。可是,如果不动手,他俩就只能任人宰割。

"我们有必要骗你吗?失败了就是失败了,什么东西都没捞到。"诺娃向前迈出一步,怒视着萨雷。

"这么说,你们是执意不肯给兄弟我面子喽?"那壮硕男人站起来,露出了机械改造过的下半身。

"不,等等。"塔科夫说着,右手的小拇指悄悄地搭上了诺娃的机械臂,一条临时通信通道顺着改造后的金属躯体被搭建了起来。

"诺娃,等会儿我来掩护你。你尽快制伏萨雷。希望其他人都是听命于他的,要不然我们就真的没机会了。不过说回来,这恐怕也是我们唯一的选择了。"

"明白。我看他不爽很久了。给我一分钟,我就能解决战斗。"

"好,动手!"

塔科夫的手伸向了夹克内侧,萨雷的目光紧盯着他,丝毫没有放松警惕。

电光火石间,塔科夫用后腿掀起了一张桌子,左手从身侧掏出电磁枪,向着飞在半空的圆形合金桌开了一枪。

获得了子弹助力的合金桌,如同挥出的巨拳,在瞬间击飞了三个人。

但随即,其他人也纷纷站起,亮出了自己的武器。

目睹了这一变故的机器侍从似乎凝成了一尊雕像,但在下一秒,他便迅速按下了墙上的报警装置。如果不出意外,执法者很快就会抵达。

"既然你执意如此,就别怪我……"萨雷的话,在一声轰鸣中结束——诺娃的双臂,狠狠地击打在了他的腿上。

"咳咳。快,无论如何都要把那东西给抢到手。"飞舞的尘埃中,萨雷望着自己布满裂纹的双腿,嘶哑着说道。

塔科夫没料到萨雷竟然会不顾自己的性命,也要夺取那件物品。他望向那些围上来的人,一个个身手不俗,战术动作整齐划一,一看就是雇佣兵!他知道自己上当了,不该贸然来到这里,但这时后悔已晚,那些雇佣兵已发起攻击。

"诺娃,躲好了!"

塔科夫迎着对方的攻击扑过去……一条条子弹犁过的伤痕，以肉眼可见的速度快速愈合——血液中流淌的无数纳米机器人，为塔科夫提供了强大的自愈能力。这些子弹，很难对他造成致命伤害，要不然，他也不会被称为"铁躯"了。

但就在这时，一条电击鞭抽中了他的右臂。

"啊！"麻痹与无力顺着他的臂膀往上蔓延。强烈的电击，使他体内的纳米机器人陷入了瘫痪。在这一刻，他的优势反而成为最大的弱点。

一道冷芒从他身边闪过，紧接着那条电鞭化作了两截。

"快走。"诺娃在他耳边说着，启动身上的发动机推着他向前冲去，并向着紧闭的大门扔出了一枚手雷。伴随着一声爆炸，大门消失，取而代之的是一个圆洞，透过它已经能看到外面那朦胧的月亮。

然而身后的雇佣兵还在追赶，子弹始终围绕在他们身旁。

半身麻痹的塔科夫只能让诺娃推着向前，由于看不到身后的情况，他只能向后胡乱开枪。

一阵急促的鸣笛从远方传来，紧接着，一道亮如白昼的光打在了地上。

是执法者。他们来了。塔科夫绝望地闭上了眼。还是没逃掉吗？

但是，理应出现的禁锢控制并未出现。他睁开眼，发现他们已经拐进了另一条狭小的巷道。就在不远处,那几个紧追不放的雇佣兵呆立在一片白光之中,如同一尊尊失去灵魂的石像。说到底,他们与我们又有什么区别,无非都是为了那一笔不多不少的酬金,为了那个虚无缥缈的梦……

这一刻,他竟然有点可怜他们。

诺娃在他背后粗重地喘息着。

塔科夫试着动了动胳膊,麻痹感渐渐退去,他又重新感受到了血液的流淌。

"你没事吧?"

诺娃咳了几声,并未回答。塔科夫这才发现,她腰际的那一片殷红。

"诺娃,你没事吧!?"他望着冒血处,又问。

"没事。"诺娃点了点头,虚弱地说道,"子弹——已经取出来了。"说着抬起手,让他看那颗浸染着血色的弹头。

"走吧,去梅森诊所。"塔科夫小心地抱起了她。

◆2◆

"我不该相信那个商人的!"塔科夫望着躺在病床上的诺

娃,双手不知在何时已握成了拳,"从他选在那里会面的时候,我就应该怀疑了……哎,让你吃苦头了。"

"但至少,我们没让他得逞……"诺娃笑着,想用轻快的语气缓和气氛,但是腰部的伤,却让她的笑显得有些勉强。

"我决定再去一趟杰诺斯宅邸,趁他们还没加强防御。诺娃,你就先在这儿安心养伤,梅森医生会照顾好你的。"

"我的伤不要紧……啊!"她想要坐起来,然而伤口的剧痛阻止了她。

"别动!那颗子弹伤及了肌肉的深层组织,再加上你擅自取出,导致肌肉组织进一步撕裂……如果你不想整个上半身都改造成机械的,就好好在这儿待着,用不了多久就会痊愈。"他顿了顿,"不用担心,我去去就回。"

她点了点头,手却再次拉住了他的衣角:"小心。"

他默默地站了起来,在走到门口时,又回望了一眼。

走出梅森诊所,迎面扑来的是一股刺鼻的机油味。这里是城市的贫民窟,拥有这样的环境也无可厚非。那么梅森又为何会甘愿生活在这里呢?如果是我,就绝不能忍受。但与此相反,这种在刀尖上饮血的生活,又能带给我们什么呢?一次失败,就能让此前的努力付之东流……这真的值得吗?

塔科夫摇了摇头,向着远在五千米外的车站跑去。

◆ 3 ◆

到了。

他望着眼前那栋宽大低矮的三层建筑,不由得深吸了一口气。

这一次,能成功吗?

悄悄地走近一侧的阴影,他找到了那个还未被其他人发现的暗道。

从这个暗道,能够直达宅邸的会客厅,可以避开在外围巡逻的机械警备队。但这里密布的警报器,依然是一个棘手的难题。

他蹑手蹑脚地走了进来,谨慎地打量着寂静无声、黑暗笼罩下的大厅。

这个时间点,府邸的主人应该早已入睡了。他们不可能想到,他在一个晚上会来两次,尤其是前一次还失败了的情况下。

当然,还是有例外。前方两点闪烁的荧光,在黑暗中尤为明显——那只猫显然还没睡。

不过,这一回它不会碍事了。塔科夫想着,悄无声息地来到了在楼梯下的地下室,把破译器安装在了门锁识别装置上。

没过多久，门上的指示灯由红转绿。一声细小的咔嗒声后，他推开了门。

门的背后，是一间庞大的展厅，一个个剔透的水晶容器，在调整得当的白光下折射出绚烂的色彩。只不过这些容器大部分都是空的。毕竟一年前发布的那条法令，早就禁止私藏古物真品了。想到这，塔科夫不禁哂笑起来。这些特权阶级，就是能够为所欲为啊！

目标就在前方。他试探地迈出一步，侧耳倾听着可能出现的声音。

什么也没发生。

这时，一声尖锐的猫叫声突然响起，但随即又重归寂静。

他松了口气，向着展厅深处走去。

"ZN－370。没错。"他凝视着那颗浸泡在冷却液中的大脑，喃喃道。

这显然不是人脑，无数错综复杂的电子回路与线缆造就了它。它是人类历史上第一颗真正意义上的仿生人脑，尽管它是如此简陋与落后，但仍然是一座不可磨灭的里程碑。

不过，他还是不明白这个老旧的大脑为什么会遭到那么多人的哄抢……

不管了，先把它拿到手再说。如果不出意外，这笔生意干完，就可以金盆洗手了。新的人生在等着……塔科夫想着，轻轻地将一个电子屏蔽器贴在了容器上。这样,在操作时,就不会触发警报。

对容器的切割进行得十分顺利。很快,他便将大脑连带着容器从展台上取下。

现在,就只需要离开这里了。

他原路返回,却发现那扇门已经被锁死。

"身份识别失败。"他再一次把破译器贴近识别装置,但是门锁只是一遍又一遍地重复着"身份识别失败"!

塔科夫愤愤地踢了门一脚。想要偷偷溜出去的想法已经彻底泡汤。若用手雷,一定会……但他似乎也没有什么更好的选择了!

他叹了口气,迅速后撤,丢出手雷,卧倒,巨大的爆炸声在瞬间响彻了整座府邸,随之而来的是无休无止的警报。原本漆黑的大厅,瞬间被红光笼罩。

"该死!"塔科夫抱着那颗大脑,向着暗道冲去。

"他在那儿!快,给我抓住他。"身着睡衣的杰诺斯在楼梯顶端出现,高声喊着。

几个机械警卫已经闻讯赶来,冒着红光的眼睛,纷纷锁定在塔科夫身上。几道射线击中了他的背。

塔科夫闷哼一声,但脚步却丝毫不慢。这种时刻,任何的犹豫,都有可能导致不可挽回的局面……而他唯一的希望,便是那个通向外面的暗道。

"砰！"杰诺斯吹去枪口上的青烟，笑着望向那个跌倒的身影，"敢到我家里偷东西，胆子够大！"

那是 D 型穿甲弹。看着被轰得稀烂的右臂，塔科夫的身体不由自主地颤抖起来。原本被紧抱在胸前的容器也滚落脚旁，里面那颗大脑上下翻滚着。

难道，我就要倒在这儿了？他看着身后步步逼近的警卫，深深吸了一口气。

在下一瞬，一枚手雷抛出，两个机械警卫被炸飞。他挣扎着站起，用左手重新拾起那个承载着大脑的容器。

快！只有一步了。

望着近在眼前的暗道，他竭尽全力向前一跃。

"砰！"枪又响了。只是这一回，不过是让墙上多了一个大洞。

随后，一阵剧烈的爆炸在暗道内发生，崩塌的土石掩盖了入口与出口。

"你们几个，还不快去追？"杰诺斯缓步走了下来，看着那个已经崩塌的通道，似乎忆起了某段不堪的回忆，"这个狗洞，我早就该填上的。"

刚从暗道冲出的塔科夫躺在冰冷的地上，大口喘息着。他的右臂正在缓慢地复原,但此刻,它仍然只是一坨泛着星星点点金属光泽的肉。

"我做到了。我活下来了。我做到了……"望着天上川流不息的光带,他一遍遍地重复着。尽管这不是第一次与死神照面,但他还是为自己的劫后余生感到庆幸与激动。

许久,他才站了起来。但迫使他站起来的原因,却是那几个机械警卫!

不会吧。他们怎么追出来了?执法者可不会讲情面,哪怕是身居高位的杰诺斯,当街闹事只会引火烧身。可是,无论他再怎么否定,那几个眼冒红光的铁疙瘩,已经开始向他冲来。

最后的手雷已用来炸塌暗道了,此时此刻的塔科夫,可以说是手无寸铁。

既然如此,就只能跑了。

他左手摸索着抓起容器,再一次向前摇晃着跑去。

突然,身后飞来的钩爪,深深地扎入了他那还未完全愈合的右臂,喷溅的血液如雨一般。他惨叫起来,再不能向前半步。

但在下一秒,整条残缺的右臂便燃烧起来——他控制着让血液中的纳米机器人启动了自毁程序——钩爪随即落地。

"我不能倒在这里……"甩去化作焦炭的右臂,他再一次向前跨步。

自断手臂,是他最后的挣扎……但,也仅此而已。过多的失血,早已抽去了他最后的一丝力气。

意识弥留之际,他看到了走近的机械警卫,以及一阵爆炸的火光……

◆4◆

"呃,啊!"塔科夫猛地睁开了眼。映入眼帘的是一个熟悉的房间。

这里是……病房!梅森诊所!

我怎么来这里的?对了,诺娃呢?他茫然地环视着空荡荡的病房。

这时,房门打开了。一道身影走了进来。

"你醒了?!"

"诺娃,你……"他的目光停留在了她的腰部,那里没有伤口。原本柔软白皙的肌肤已被坚硬黯淡的金属所取代,"你还是那么做了……"

她点了点头,关切地来到了他身边,蹲了下来:"你的手……"

"为什么?"

"没有为什么,这是我自己的决定。"

"可是,你当初不是说过,不愿彻底沦为改造人……"

"人是会变的,现在我不这么想了。至少,你还在。"

"还是因为我。"塔科夫叹息道,"上一次也是为了我……你为我做的太多了。我不值得你那么付出……"

"因为我爱你。"诺娃握住了他的手,一如既往的坚硬、冰冷,但她所说的话,却依然暖入他的心田。

塔科夫闭上了眼:"我他妈还算个什么男人啊……"

"那件货物我已经藏好了,只等你恢复,我们就能去领赏金了。"诺娃轻抚着他的手,"之后,我们就不用再过这种生活了……"

第一次,塔科夫紧蹙的眉头慢慢散开,露出了笑颜。

"我们现在就可以去……"他用力想坐起来,身子却不听使唤。

"你啊,急什么,先把伤给养好。"诺娃也笑了。

塔科夫点了点头,看向窗外的眼眸中重新燃起希望。

新的人生,就在眼前。

◆ 5 ◆

明亮的灯光下,是一间朴素至极的房间。没有这个时代流行的装饰，也没有任何数据的影子。

"货在这儿。"塔科夫看着坐在自己对面的 X 先生，说道，"我们的赏金呢？"

与此同时，他将那个装着仿生脑的容器摆上桌面。

"介不介意我先问你一个问题？" X 先生似乎并不着急，他靠在光滑的大理石桌上说着，"你拿到这笔钱之后，打算做什么？"

他沉默了。他实在不明白，这位临时雇主葫芦里卖的是什么药。

"如果我说，我能够直接帮你实现……你愿意吗？"

塔科夫摇了摇头，他从来不相信会有天上掉馅饼的好事。他似乎听到了一声若有若无的叹息。

"那么，你愿意成为我的博物馆里的第一位参观者吗？"他的语气似乎有着一丝期待，以及一丝激动。

"你的博物馆？在哪儿呢？"

"就在你的手中。"他站了起来，那件复古丝织披风从肩头滑落，露出了那张凝滞的、冰冷的脸——X 先生是一个机器人，或者说，是一个机械化程度已经接近百分之百的改造人！

"如你所见，我的身体已经完全机械化了。只剩下这里的思想。"他敲了敲自己的脑袋，发出沉闷的咚咚声，"不过，就连这些思想，也是拷贝的副本。我在一年前便将自己上传到了世界博物馆的数据库中。在数据的海洋中，我无拘无束，直到遇到了这个世界上最疯狂的东西——哪怕到现在,我都没有完全相信。但至少,它是真的,它就在我眼前。"他打量着那颗仿生人脑,"这颗仿生人脑的拷贝,在数据网络中只是一团乱码!你知道这意味着什么吗?"

塔科夫静静地听着他的叙述,不为所动。此时他只希望能早一点儿拿到那笔钱。

"这说明,在这个仿生人脑中,诞生了一个新的世界,那个世界和我们的世界一样复杂,以至于无法用数据来完全展现。"他似乎也察觉到了塔科夫的冷淡,但说话的语气依然高昂,"而我,能够通过操纵这个大脑,来改变那个世界!在那个世界,我就是无上的神!"

"这个大脑,就是我的博物馆,就是我的知觉之殿!在那里,无论如何怪诞的藏品都能出现、保存……只要你想,没有什么事是做不到的。"

"感谢你的邀请,不过,对于我来说,还是现实更具吸引力。"

"现实!什么是现实?也许我们所谓的世界,也只是存在于某个人头脑中的一种幻象,这谁又知道呢?罢了,你去追寻你所谓的现实吧。给你,你的赏金!"X先生说着,抛出了一张斑驳的卡片。

塔科夫接过卡片,扫描了一下,确认无误后才松开拿着容器的手:"谢谢,我们后会有期。"他的心思早已不在此地。诺娃该等急了吧。他想着,站了起来。

X先生接过容器,没再说话。迎着窗外闪烁的光晕,他的影子在渐渐拉长。

塔科夫已经离开,寂静重新包裹了房间……

X先生小心地打开了容器,看着那颗在冷却液中沉浮的大脑。他的脸庞一如既往的僵硬、冰冷,令人无法知晓他此刻的心情。而那双闪烁着白光的电子眼,竟也在一阵急促的闪烁后,熄灭了……

◆ 6 ◆

"梅森,你真的决定一辈子生活在这儿了?"看着眼前这个满脸油污的男人,塔科夫问道。就在不久前,他与诺娃办理了城市中心居民区的识别证。尽管在那里,他们还只能算是底层,但至少,这已经是一个崭新的开始了。

"说实话,我早就习惯这里的生活了。就算有再多的钱,也没必要搬回去了。"他笑着说完,挥手向一个路人打招呼。

"那,好吧。我尊重你的决定……还是很感谢,这些年来你对我们的帮助。"

"都是举手之劳。不必客气,后会有期。"

塔科夫看了看周围,明白自己该离开了:"再见。"

这句话，既是对梅森说，也是对自己说。

是时候去迎接新的人生了。

……

走下空中列车，他的目光瞬间就被满天舞动的星辰所吸引。

那是什么？他询问着自己。那些仿佛在做布朗运动的亮点似乎还在变大、变亮。

紧接着，他就发现周围的一切都如同液体般开始起伏波动……不，波动的是空间。

依附着大楼的数据崩塌了，无数溃散的数字，像是某种奇怪的病毒，不断同化着周围的一切……

◆ 7 ◆

"这世界的瑕疵太多了，一定得修改。我可不能容忍这种残次品来做我的藏品。"X先生自言自语道，随手抹去了仿生人脑中的数据……

天子

思想实验

文 / 欧阳广聪

科 幻
硬阅读
DEEP READ
不求完美 追逐极致

◆ 1 ◆

新杜伊勒里宫，游人如织。

拥有两千五百年历史的阿佛洛狄忒雕像仍然栩栩如生，神情还是冷漠而矜持。她左手手心的苹果略有残缺。丁早站在那儿看了半天，脑子里突然闪现出一个疯狂的念头——

要怎么样才能让世界上所有人都知道我爱小吉？

◆ 2 ◆

丁早没什么好主意。除了那些对当前的生活已经麻木，也对未来不抱希望的已经成了行尸走肉的可怜人，我们大多数人都喜欢异想天开，也就是俗称的"意淫""白日梦"，不过也就仅此而已，往往在想到不可想的地方就到此为止了——只有极少数人会真正地为自己不切实际的瞎想付诸行动,丁早就是其中之一。只是他现在还没有什么好主意。

在苦苦地谋划、计算中,时间不知不觉地流逝,他在下意识的状态下走出新杜伊勒里宫,漫步在巴黎人民广场上,继而又漫无目的地走出去。他逐渐离开熙来攘往的人群,走到一条街道上,不经意间又钻进一群聚集的闲人散客里面。

那些人抬头望着什么,丁早也抬起头。原来路人围观的是路边一座六层高的新文艺复兴风格的老楼,就在老楼第六层其中一个拱形窗的窗台上,坐着个老人,一头银发在午后的阳光中闪耀。丁早的视力不好,看不清老人面容的细节,更看不出他的表情,但是从老人颤颤巍巍而又跃跃欲试的姿态可以推断他有往下跳的意思,同时又犹豫着,或者说,积攒着勇气。

老年人在如今这个年代是碍手碍脚的存在。腐朽的III型老龄化社会令人窒息地存续了近三百年,最终被年轻人一举推翻。在强制退休年龄确定为55岁后,老人的地位就此一落千丈。他们之中的个别人无法接受现实,变得意志消沉,精神空虚,最后发展为极端行为也就不足为奇。楼下的过客们毫无劝阻的意思,反而欢呼着、怂恿着、詈骂着,都莫名地有点儿兴奋爽快。那白头老人越发绝望伤心,腾地跃下。

"等等!"

这两个字还没启动声带的颤动，才刚刚形成了嘴型的时候，丁早发现老人已经进入自由落体状态了。"等"硬生生地剧变为"啊"。

老人的躯干重重着地，而先前还欢呼着的人群像踩到狗屎一般惊慌地散开，急急地远离，只剩下丁早一个。

这些看客实在是浅薄而愚蠢，他们对一位在时间之箭上跋涉了大半个世纪的老人身上具有的财富一无所知。

丁早快步走到老人跟前，蹲下，从背包里掏出全套"记忆传输"套件，迅速地给自己接上，然后摸索着连接到老人的颈后。这一连串动作是如此熟练、敏捷、训练有素，很显然他不是第一次这么操作了。

仪器扫描着老人的海马体和大脑颞叶中存储的有关记忆的网络结构，并开始解码。

在此间隙，丁早瞥了老人的脸一眼。

◆ 3 ◆

肖凯永远忘不了那天晚上，父亲抓起他的小手，问他："这双手是你的手吗？"

那天晚上其实很寻常，父亲对他说的话也并不见得有如洪钟大吕发人深省。假如没有第二天发生的事情，他可能很快就会忘掉这个晚上，乃至这一整天。就如父亲说过的：你完全忘掉的过去的某一天，对你来说其实就跟从未发生过一样。

他记得自己的回答："当然是我的，这不显而易见吗？您看，"他扭动着十根手指头，"能让它们自主地动起来的人是我。"

父亲微笑："没错，它们现在暂时是你的。可是你想想，你拥有它们的时间是多么多么短，几十年？一百年？"

肖凯领会父亲言下之意是希望他珍惜自己当下拥有的一切，包括他的躯壳、生命、爱他的家人。但是他无法理解父亲为什么跟他说了这些之后第二天就去寻死。这不是给他留下希冀和嘱咐，而是示范了何谓言行不一。

他事后才察觉出当晚父亲的反常。以前父亲但凡有跟他围炉夜话促膝谈心的兴致，每次都先绘声绘色地讲个有趣的故事。故事往往发生在遥远的过去，那些个魔幻的光怪陆离的年代。而这次父亲没有讲。

父亲的驾鹤西归对他的影响不大，至少直到去年为止，都不算大，因为他接受了这个国家最好的心理医生的无比细致的心理干预。在医生的反复测试验证下，给出的结果是他完全没有童年阴影，百分百的正常。

肖凯是极简主义的践行者。极简主义是一种生活方式，虽然有人会不以为然，但是不带歧视的话还是可以落入"正常"的区间。

他居住的房子上下四周都是奶白涂色，面积不到十平方米，屋里几乎空无一物。他每天出门上班前都会把屋里所有的东西都扔到后院，下班后再捡回来。当他认为某个物件假如扔掉了也不会显著影响到自己的生活，他就不捡回去了，留给收破烂的社区机器人。这样一来一去，他的家居就形成最极致最纯粹的极简主义状态：一个可折叠的铝合金架子，一台投影式云计算终端，一张休息睡觉用的毯子。有时候他会临时添置一些东西，用于生活中难以预期的意外情况，但是往往第二天就会遗弃掉。他不需要拥有太多的身外之物。

另外不得不提及的是肖凯的职业。他是个"探员"，但并非刑侦或国安系统内的那种，而是类似地质勘探员的工作，只是勘查的范围不仅仅局限在地球上，所要探寻的东西也不是一般的矿物质那么简单。探员们因任务分派或自告奋勇分别都有特殊的寻找目标，大至史隆长城，小至超中性子无所不包。而肖凯要找的是"磁单极子"，一种只有单一磁极的磁性物质。问题是人们寻找这种稀奇的物质已经长达四百年，仍然一无所获。肖凯坚信磁单极子的存在，因为很多物理理论需要它存在。他在所有可以探查的地方翻箱倒柜折腾了半辈子，至今仍两手空空。

像肖凯这样的一事无成的探员有很多，有趣的是政府和科研机构一直都不吝于豢养他们这类人。他们好歹还有事可做，就怕那些声称工作极度无聊且毫无意义而拒绝上班的游手好闲之辈——那帮年轻人。年轻人对肖凯这样的上班族有一个颇具侮辱性的评价。他们说，"肖凯"们早就死了，却感觉自己还活着。

肖凯的生活和工作如此封闭，因此一直无缘亲耳听到这样的评价，直到去年一群痞里痞气的年轻人冲进他的工作室，轻描淡写地宣布解除他的探员职务，就好像挥手赶走桌子上的一只苍蝇。肖凯极其愤怒，义正辞严地谴责年轻人破坏他神圣的任务。当他自认为一番慷慨陈词足以震慑这帮无知狂徒的时候，一个叫王会的年轻人把他拉到白板前，将白板上的日程计划表擦掉，拿笔在上面画了根直线。

肖凯板着脸："你什么意思？"

王会像女孩一般抿了抿嘴，在直线上方写了个"R"，笑着说："老头儿，听着，这是一根数轴，和所有实数一一对应。而你在干嘛呢，"他用另一只手比划示意，"你抓了一把沙子，撒在它上面，企图让其中一粒恰好幸运地落在一个整数上。"

然后肖凯终于听到了那句侮辱性的评价。

肖凯灰溜溜地走了，回到他那不足十平方米的蜗居。

4

社会越往前发展，个人就越无用。

我们这些"绝大多数"，通过基础教育得以融入社会，而后就是玩、吃、睡。我们在虚拟社区里跟人打口水战，在媒体上发掘明星八卦、社会新闻以消磨时间，在游戏里通宵达旦只是让后台的若干 32 位整型数据变动一下。最终为的是什么？让身上携带的 DNA 寄存个几十年？

在肖凯拥有工作的时候，他不会想那么多。虽然多年来始终找不到磁单极子，但是他仍然觉得自己的工作有意义——为过去"找不到磁单极子的四百年"再累加五十年，然后再找新人接棒。而在失去工作后，他就开始质疑自己乃至大部分人生存的意义了。

他在屋里对着奶白色的墙面一坐就是一天。他终于感觉到自己其实已经死了。

"面壁"一个月之后，他已经开始考虑要不要步父亲的后尘，干脆利落地把自己了结掉。

可惜这个时代已经不复当年那么的自由了。所有独居老人都受到 24 小时的身心健康监控，一旦出现危险信号就会发出警报。在肖凯苦恼纠结的时候，他那个枉有血缘关系却几乎没有交情的儿子跑过来了。

"爸，我强烈建议您住到老来乐社区去。"儿子笑嘻嘻地说。

现在位高权重风头正劲的年轻人说"建议"二字的时候，根本就不是字面的意思了，实际上是"勒令"。

肖凯连同他屋里仅有的三个物件被不由分说地扔进了郊外的一个颇具规模的老来乐社区。这是个新建的养老院，占地面积不小，每天都有成批的"夕阳红"被扭送进来。肖凯的住房大了，接近五十平方米，这使他很不习惯。他不得不跑到外面去，跟其他夕阳红厮混在一起，一开始还有点儿尴尬，没几天就聊热乎了。几十上百人聚集在院子里，在大树下，在石桌旁轮流来吹嘘自己毕生的丰功伟绩，顺带申斥着年轻人的狂悖不仁。在热烈的交流过程中，老人们心情渐渐变得舒畅，肖凯也乐观起来。

在某个老头自吹自擂不慎吹破牛皮的时候，肖凯和其他人爆发出哄然大笑，直到笑声停歇后那么一愣神的瞬间，肖凯从忘我的状态中稍稍抽离开，忽然悲从中来——他似乎看到了自己余生的终点。

也许是在一个欢声笑语的午间，他喝多了一口茶，跟这些面红耳热的老头不经意地道个别，趿拉着棉拖鞋回屋小睡一下，然后在睡梦中悄悄停止了心跳——

"我认得你！"

突然有个人抓住他，用歇斯底里的语气冲着他说话，把他从一时失神的状态中猛地拉了回来。

这是个又矮又瘦的小老头，脸上的肌肉就好像长期处于痉挛中，时刻都在颤动着，两眼通红狠狠地瞪着他。

肖凯不认识这个小老头："你是谁？"

"你当然不认得我了。但是我记得你，肖放！"

"肖放？"肖凯起初有点啼笑皆非，突然一愣。

肖放？这名字怎么这么熟？

这是他父亲的名字！

肖凯连忙解释："你搞错了。肖放是我爸。"

那小老头冷笑："对，没错，那个恶魔早就死了。怪不得你跟他那么像，嘿嘿，一对父子。"

肖凯容不得别人说他父亲，随后的争执不可避免，甚至差点发展为大打出手。

亏得周围的老人劝阻，两人才按捺住气冲牛斗，静下心来听对方分说个明白。

那小老头叫方七柱。他有六个哥哥，从大柱，二柱到六柱，到他就是七柱。他父亲叫方梁，方梁把他六个哥哥自小就送到天南海北"游学"，唯独带着他一起生活。七柱对父亲十分爱戴，就如肖凯对肖放的感情一样。不得不说，方梁是那种几乎把所有美好品格都集于一身的男子，正直、勇敢、自信、热情、不失幽默，独独缺了个专一。由此不可避免，方梁的女人也特别多，七柱和他的六个哥哥显然不是同胞兄弟。

这年头选择独居或非婚同居的成年人比例达到90%以上。方梁从不考虑结婚，只顾四处招蜂引蝶，在世界各大城市都有着或者曾有过情人。但是我们不必为之艳羡，因为表面上的万花丛中过得风光得意，背后却是大大小小各种生活上、感情上、经济上的麻烦。其中细节倒不必细究，总之一句话：方梁缺钱。在现在这个社会，越是"上层"人士越缺钱，他们的需求超出常人，而那些接受基本社会保障、失业在家混吃等死的底层人民反倒一点不愁。

　　据七柱说,方梁不知道什么时候结识了肖放,也不知道因何情由跑到肖放的实验室去参与一项"科学壮举"。方梁告诉七柱,肖放需要一位英雄,而他毛遂自荐来当这个英雄,还签下了生死状。英雄当然不是那么好当的,那么完事之后方梁可以获得一份丰厚的报酬也是应有之义了。

　　方梁让七柱坐在理研楼下的秋千上等他,"一会儿就好"。然后他走进大楼,进入肖放的实验室,却再没有出来。

　　方梁在千亿电子伏特量级的伽马射线中整个蒸发了。

　　肖凯第一次听到这段往事。按理说他以前不可能不知道,这件事在当时引起很大轰动,他能够很容易在各种媒体的旧新闻和评论文章中发现。也许他早就暗暗猜到父亲当年可能遭遇了什么重大的丑闻才选择自杀,为了避免对自己造成不必要的刺激,他从潜意识中就拒绝查看有关父亲的物料。这就好像艳星的儿子不愿意看母亲当年的照片一样。

　　即使他这时候知道了,他还是掩耳盗铃般拒绝认同,斥责方七柱胡说。自此之后两人就维持着一见面就剑拔弩张非要干一架不可，然后终于还是被群众劝住的日常。他们的日常也成为老人们饭后的谈资，不过也就仅此而已。这些人都心知肚明，父辈的恩怨在他们离世的那一刻就都终结了。

然而我们的故事不可能就在无聊的日常中结束，意外总是不期而至。

三个月之前，人家在八卦消息中得知有民政人员过来通知肖凯去国外接收一份遗产，包括一套房子和房子里的所有东西。房子的主人是一位老太太，孤独终老。民政人员在处理老太太的后事之时，惊讶地发现她居然是肖放生前的情人，而这套房产一直登记在肖放名下。肖凯收到通知后无动于衷，说自己不需要，拒绝前往。老人们特别理解肖凯的心情，慢慢就把这桩事淡忘了。

不料过了三个月，肖凯却突然兴冲冲地宣称为了争取遗产，他要立刻动身出发。大家虽然觉得有点意外，但是这属于他人的私事，也不必太过在意，就随他去了。

肖凯走后，方七柱好多天不见人，失踪了。养老院的工作人员随后在后山的小树林里发现了方七柱的尸体。经法医检查判定，方七柱是摔倒后撞成颅骨骨折，脑内出血致死。但是很显然小树林并非他的死亡现场，他的尸体是被人拖到那儿的，警方不得不考虑他杀。法医推断方七柱死在八天前，当时肖凯还在养老院，恰恰就在第二天他却跑去"接收遗产"了。

不过，人们这些后知后觉都已经是八天后的事了，肖凯早就跑到了巴黎。

父亲留给他的这套房子有点儿年月了,这是一栋老楼的第六层中的一间,比他在养老院的房子还小一点儿。一进到楼道就能感受到那种老旧建筑必备的森森寒气,很容易让人联想到数百年来在这些楼房里进进出出的那些人,到现在都已经死光了。幸亏他的房子有着临街的大窗户,拉开窗帘让阳光照射进来,可以把陈旧腐朽的气息一扫而空。小小的饭厅、小小的睡房、小小的书房,当年父亲就住在这里,时而端坐、时而伫立、时而走动,抱着情人调笑,翻着书沉默不语,吃饭、如厕、进门、出门……父亲的种种幻象映入肖凯的朦胧泪眼。好想再见到父亲啊,好想好想。

书房十分整洁,书架上摆放的书籍和文件夹井井有条。肖凯坐到书桌前,看到桌上放着一封信,信封上赫然写着"致亲爱的儿子肖凯"。这是父亲的字迹,他还有老派的书写习惯。肖凯记得父亲说过,用笔写字的时候能够通过刺激指尖的神经来促使大脑活跃,引发灵感。信封已经发黄,但封口仍未打开。肖凯不知道父亲那位情人为什么没有把信寄给自己,难道她早已预料到他有一天会来到这个书房,看到这封信?肖凯把封口撕开,将信纸倒了出来。

"儿:

如果爸爸离开了这个世界,你不必伤心。当你听到那些有关爸爸的传闻的时候,也不必失望。终有一天你会理解我,也会读懂这封信。在这个世界上没有人相信你爸爸,除了你——可能不是现在,但是你终将会相信。爸爸不需要向人们解释,更不用向委员会自辩。因为根本没有爸爸害死方梁这个命题,也不存在爸爸没有害死方梁这个否命题。

方梁并没有死。

……"

◆ 6 ◆

肖凯终于了解到五十多年前父亲所造成和面对的那一起重大事故。

肖放野心勃勃地设计了一个实验,其中的实验原理和他所希望达成的实验目的非常艰涩深奥,难以解释也难以理解。大致上可以说是为了验证量子力学的多世界解释(MWI)中,在世界发生"分裂"的时候存在一种对形成经典分支的偏好。而且肖放认为在这些经典分支中可能会出现"奇异世界",他渴望验证现在我们所处的世界就是一个"奇异世界"。

就拿"薛定谔的猫"来做个简单的比喻。多世界解释认为,在我们打开箱子察看薛定谔的猫的时候,世界就会分裂成一个猫活着的世界分支和一个猫死了的世界分支。当然这么说不太严谨,因为多世界解释并不认为世界真的是分裂了,而只是出现了我们与死猫和活猫分别纠缠的两个经典分支,但是量子现实还是唯一的。不过为了易于理解,使用"分裂"这个词也未尝不可。

奇怪的是,从理论的角度看,任意的分支都是等价的,不管是经典分支,还是非经典分支,都不应有特殊的地位。但是事实上,我们却存在于一个经典分支上,而在每次分裂发生的时候我们都观察不到那些任意的分支。因此对于多世界解释来说,理应添加一条"偏好假设"。但是这是不可思议的,因为这意味着存在"人为"的可能。

当然,很多理论家认为根本不存在这个偏好,很可能是因为某种缘故,导致我们只可以落到一个经典分支上,或者说,在 0.00001 飞秒的时间内退相干已经基本完成,我们还没有意识到任何异常就已经进入新的经典分支中去了。

肖放对此是不以为然的。他认为概率这个概念在应归入决定论的多世界解释中仍然不可或缺。并且,分裂为经典分支是高概率事件。通过复杂的计算,肖放甚至认为,分裂为"奇异分支"的概率并不是无穷小。为此他着手进行大大小小的多次试验,但是遭遇了关键难题:虽然对比非经典分支,经典分支出现的概率是很高的,但是这个概率值本身却又特别低,用人力来进行试验,如果运气不好,恐怕几百亿次实验下来都不一定能得到结果。这就好像相较一只猴子在键盘上乱敲竟然输入完整的一篇《哈姆雷特》的发生概率,一个人中双色球头奖的概率是高概率事件。然而要验证这个人真的可以中奖,那就不简单了。

肖放想到了一个冒险的办法。既然偏好是人为的,那如果用人来做实验呢?对于这个人来说,他要是在这个世界不存在了,那么这个世界对他来说是毫无意义的。甚至可以说,世界从本源上就依赖于他的存在。所以处于世界分裂的那一刻,他的个人倾向会强烈影响这个世界,使之分裂为自己继续生存的经典世界。然而直接用人来做实验,而且牵涉到"生存",很难说这不是非法的。况且谁会在知情的情况下愿意挺身而出,参与这一"科学壮举"?

肖放在给肖凯的信中是这样说的——

"梅兰妮是爸爸在巴黎的一位挚友。当你读这封信的时候,你应该已经认识她了,是爸爸委托她把信送到你手中。在我坐立不安地考虑着要不要亲自来充当这一只薛定谔的猫的时候,梅兰妮向我引荐了她的周末情人——方梁。我和他长谈了一个晚上,他对我的想法十分赞赏,愿意参与其中。我跟他说,当你走出'魔盒'的时候你一定还会见到我,但是我可能看不到你走出'魔盒'。他指出,这么一来,他自己完全没有问题,反倒是我会有问题。我笑了,我说我无所畏惧。"

◆ 7 ◆

梅兰妮失去了方梁,也失去了肖放。

实验开启后,各种仪表的读数让肖放震惊至极。理论上,在"魔盒"空间中每一点的量子涨落都是随机的,突然冒出一个虚粒子的概率也很小。这在肖放过去所做的实验中已经得到证实。然而这一次实验对象使用了人,情况完全变了。大大超出普朗克尺度的量子泡沫几乎在同一时间大量产生,而后连成一片,巨大的能量从时空中借贷了出来,虽然在极短的时间内还了回去,但是在这稍纵即逝的时间里也足够将方梁杀死一万遍了。

肖放抑制不住全身颤抖,是激动的那种颤抖。他这一次实验不但直接验证了偏好的存在,而且一下子就捕捉到"奇异世界"存在的证据。因为他知道,如果在某个世界分支当中,从高空撒下千亿个硬币,落地后居然全都是正面,这就意味着这个分支是极端奇异的。

根据他改进的理论,方梁自然是跑到别的经典分支去了。我们当前这个世界是死猫所在的世界,但是我们知道必定有无数个活猫的世界,那猫在我们这个世界的死活其实根本不成问题。本来一个人跑出门,总会有很小的概率被陨石砸死,也就是说死猫的世界是必定存在的,所以完全不必在意。

肖放就这个实验所撰写的论文引起轩然大波,不仅仅是用人来做实验的政治正确问题,还有人质疑他的实验不可重复,因此他所有论点都是站不住脚的。这使得肖放十分头疼,也许要再做一次实验,甚至进行全球实时直播,好让非议者闭嘴?

科学委员会的人严厉地制止肖放这么做,在发现他一意孤行还想重复实验的时候,直接解除了他的所有职务,剥夺了他所有职称,把他从理研楼撵了出去。

这打击是相当沉重的,肖放于是萌生了"量子自杀"的想法。他在信中说:

"儿,爸爸想告诉你的是,所有可能发生的事情都会发生。它要不在宇宙波函数的这个投影上发生,也会在那个投影上发生。也许我在你如今所在的世界中死去了,但是必定会有至少一个世界我仍然活着。在那个奇异世界里,我可以用我的亲身经历证明一切,让所有人相信我的终极理论是真理。儿,为了真理,我愿意在绝大部分世界中死去。我不是畏惧千夫所指而轻生,更不是因为癫狂。在写这封信的时候,我的内心十分平静。你完全可以察觉到,我写的每一个字,每一笔每一画都没有任何失误,都像打印机的输出一样分毫不差。"

肖凯在这些天一度怀疑过父亲,他数十年来对父亲的敬仰崇拜也有所动摇。在看完父亲的信后,他头上的阴霾一扫而空。

他的内心却不如父亲那般平和,因为警方对他的通缉信息已经遍布互联网了。他的所有亲友乃至敌人恐怕都已经知道他杀了人。

他费劲地攀到窗台上,往下看,一群好事者围在下面冷嘲热讽。

他跳了下去。

自由落体的时间相当短促,闪电般的种种念头在脑海中泛起。

有一个世界,他的父亲没有死,他还可以拉着父亲的手,嚷着要听睡前故事。

有一个世界，方七柱没有被他推倒后一头撞死在地板上，他还可以在养老院跟"夕阳红们"聊天吹牛。

有一个世界，他找到了磁单极子，那些年轻人如王会之流只能拜倒在他的脚下……

而这个世界，就让它百分百地结束吧！

在他的身体即将触地的电光火石之间，他却突然记起父亲给他讲过的一个老故事，发生在三百多年前的老故事。

◆ 8 ◆

父亲曾经用《希波克拉底誓言》做引子，给肖凯介绍过希波克拉底这位医学之父。在过去，愚昧的古人认为身体患病是因为神鬼所赐。希波克拉底在医学上的研究其实不怎么样，但是他把医学从宗教迷信中分离出来，这在科学理念上是极大进步。

"人应该知道，我们的愉悦、快乐、欢笑，我们的悲伤、痛苦、眼泪都来自脑，而且只来自脑。"——希波克拉底作为出生于公元前 460 年的人，能认识到这一点着实不简单。可是在公元 2021 年的时候，居然有一个活蹦乱跳的人信誓旦旦地宣称自己已经脑死亡。

"什么鬼？"肖凯听到父亲一本正经地提到过去竟然出现过

这样一个奇葩人物，忍不住笑出声来。

这朵奇葩名叫王夕，男，时年 26 岁。他是个怪人，酷爱读文史经哲，自诩风流人物，问题是他不但长年不洗澡、不换衣服，还喜欢吃大蒜、榴莲和臭豆腐。于是浑身散发着异味，人人避而远之。搞笑的是他还特别喜欢交际，无论认识不认识，抓到人就非要天南地北侃个痛快。但是这种怪只是表面，他还有更古怪的地方。

王夕小时候做过一个梦，他梦见自己从床上爬起来，走到院子里，一个戴着鬼头面具的人在那儿等着他，告诉他一串数字：432534634833849，然后很快他就惊醒，发现自己还躺在床上。刚好床头有个笔记本，他赶紧把梦中听到的数字记录了下来。这串数字莫名其妙的没什么规律，他当时也没有怎么在意。过了几天，他又做了同样的梦，听到同样的数字。这终于引起他高度重视，难道这是一串关系重大的神秘代码？他自此神魂颠倒，每天花费大量的时间试图对这串数字进行解码，乃至用于彩票，用于占卜，用于符箓。不过多年来一无所获，最后只能不了了之。这一段经历也使他变得神经兮兮的，最后发展到自认为背负天大的使命，不厌其烦地跟人念叨什么"唯天为大，唯尧则之"，"民之所归，天之所佑"。因此他被周围的人起了响亮的外号：王则天。

21 世纪初曾经爆发过一次蔓延全球的疫情，人们都居家隔离，王夕在大家的视线里消失了好久。当王夕重新出现的时候，人们惊讶地发现他已经骨瘦如柴，一脸黑气，而且精神越发不正常，口口声声说自己已经脑死亡了。经医生诊断，他可能患上一种俗称"行尸综合征"的病。发病的人会认为自己的某些器官坏了或者没了，严重的还认为自己死了。但是假如你跟他交流，他却不否认自己心智尚存。医生质疑他：既然你认为"你"还在，"你"是从大脑产生的，那么大脑就还没死亡。王夕大摇其头：你这个逻辑弄反了，笛卡尔说"我思故我在"，所以不是通过大脑还活着来判断"我"的存在，而是通过"我思"来判断"我"的存在。"我"的存在不一定依赖于人的大脑，诸如意识上传、AI觉醒、玻尔兹曼大脑都可以使得"我"存在，甚至不需要任何东西，"我"在本源上就已经存在了。医生好声好气地说，但是你看你这个人就活生生地坐在这里，通过传感器也能检测到你的脑电波……王夕把脑袋摇得跟拨浪鼓一样：不不不，不对，不对，你看到的我这个人根本就不存在，是假的，还有啊，你也根本不存在，你也是假的！

即便王夕中气十足、语调铿锵，表现出一副得理不饶人的样子，大家也知道他疯了。

父亲给肖凯讲王夕的故事，当然不只是为了告诉他过去有这么一个疯子。他给肖凯总结了王夕的"唯我"宏论："我"一定存在，这是唯一可证的，因为"我思故我在"。除了"我"之外，其他事物没有任何别的办法能证明其存在，只有一个办法可以："我"感知到了。这就意味着，"我"在感知的时候，事物就存在，"我"不去感知的时候，事物就不存在，或者说没有被"我"感知的事物的存在是无意义的。然后大问题来了——"我"会死吗？如果"我"是永生的，也就是永远存在的，那么其他事物就可以一直保持"被感知就存在，不被感知就不存在"的混沌状态，总体上还是有意义的。但是如果"我"会死呢？在"我"死后，其他事物就不会被感知，就再也不会存在，也没有意义可言了。继续推论下去，"我"生前和"我"死后都是无意义的，因为那时候"我"还不存在。那么在有限的时间里，"我"的存在就形成一段真的历史。"我"生前的历史其实是在"我"出现后因"我"感知而追溯的。而"我"死后则没有历史可言。

肖凯认为这些论点非常荒谬，但父亲告诫他不要那么快就下结论。量子力学的"冯·诺依曼－魏格纳诠释"就认为意识是叠加态坍缩为确定态的原因。而从这个诠释出发，我们可以推论得到，意识还建立了整个宇宙自诞生以来的历史。因为如果意识一次都没"看"，整个宇宙就会一直保持叠加态。假如这个诠释是正确的，那么王夕的论点说不好就成立了。

王夕后来走火入魔，抛出了"第一意识"的说法：万事万物原都是混沌的，随机的，就像一团概率迷雾。"第一意识"拥有全观视角，一旦兴之所至从某个角度看一下，迷雾中（因为没有"第一意识"的观察，迷雾是没有意义的，所以其实完全可以用另一个词来替代迷雾，那就是"虚无"）就会涌现出一个片面的世界。而当"第一意识"感到厌倦了，闭眼不看，那么这个世界也就重归于混沌。甚至可以说，这个世界以及它的整段历史，都只是"第一意识"的一场梦罢了。王夕当仁不让地认为自己就是这个"第一意识"，于是在这个世界的"王夕"这个人虽然可以代表他，但是并不全是他，只是他创造的一个传道的使者。

神奇的事情发生了。越是慎重保守的理论越得不到大家青睐，而王夕越是胡说八道信口雌黄，信奉崇拜他的人却越多。首先是各种好事的网友支持，其后发展到线下"老鼠会"。粉丝群体渐渐增大，都把王夕奉为天人。自此王夕的人生发生大反转，从不名一文的邋遢怪胎摇身一变，成为众星捧月光鲜亮丽的"大V"，甚至还有十三个年轻女孩作为他的死忠拥趸，跑过来照料他平时的起居生活；外国友人连续包机一个月来拜访他；他每在自媒体上发一百字就能获得百万打赏；五线以上城市都有供他落脚的房子，而且是免费赠送；亲吻他脚尖的粉丝激动得心脏病发作……

三百年前的世界实在太魔幻，肖凯不得不感慨。那时候人们还信心饱满地认为他们已经进入了"现代社会"。但是在三百年后的现代人看来，那个魔幻时代是如此落后愚昧，乃至于有历史学家以"黑暗世纪"来概括它。

◆9◆

父亲讲得差不多了，后续当然就是"考一考"环节。

父亲问，假如爸爸是王夕，现在就站在你跟前，你怎么反驳我的"第一意识"谬论？

肖凯起初还有些基于直观的反论，很快就被父亲一一驳回，最后抓耳挠腮不得其法。

父亲说，这归根结底其实是宇宙起源问题。要知道这个问题的答案可不简单，而且至今还远未到完全了解的时候，人类甚至永远了解不了。

王夕主观上不是骗子，他是真的相信自己那一套想法。而且他还留下了一个很好玩的用于自证的东西。

也许是天妒英才，他30岁就病死了。他在死前告诉世人：我必将重生。

因为对于一个大家所崇拜的神一般的偶像来说，如果还是如常人一样生老病死，那就不神了，所以他们往往会宣称自己永生或者一定会在不久的将来复活。王夕也不例外，不过他的说辞显得更加高级：假如你们发现在我死后世界还照常运行，那是因为未来我重生之后往前追溯这段历史。你们以为是活在当下，实际上只是活在我对历史的追思当中。

王夕在自己的后事安排里加入了一条：在他的合金墓碑上镌刻一段使用AES+RSA加密的密文，当然私钥只有他自己知道。他说，任何人号称是复活的王夕，都必须通过解密这段密文来自证。

肖凯问，三百多年过去了，有人做到了吗？

父亲说还没有。肖凯笑了，他抓到了王夕的漏洞：王夕的说法违背了因果律。王夕就算能复活，但是他不可以通过未来的复活作为原因来决定过去的历史结果。宇宙的历史也一样，以"第一意识"来决定宇宙自诞生以来的整个过去，这不符合因果律。

父亲也笑了，他让肖凯好好思考一下"现在"的含义。

过去的人有他们的"现在"，现在的我们有我们的"现在"，而未来的人也有他们的"现在"。"现在"只是我们的一种感觉。你没有任何办法去确信你的"现在"才是真正的"现在"，也不可以直接认定过去的人的"现在"其实只是过去。说不好，未来的人还认为我们的"现在"只是过去呢！说到底，我们无法否认我们是不是活在王夕的"追思"里面。

父亲最后感叹：幸好至今没有人能够破解墓碑上的那段密文，幸好。

让肖凯无法想象的是，他可以在电光火石之间就能忆起那天和父亲那么长时间的交流。

落地后身体遭受重创，引发大量的肾上腺素分泌让他没有马上昏死，他睁着眼，还能看到围观者如鸟兽般散去，只有一名像女孩子一样抿着嘴唇的年轻人一阵风般走了过来，半跪在他跟前，操作起不知名的仪器。

这年轻人的面孔有点熟悉，肖凯使出他生命中最后一点力气，想起了这个人的名字。

"王会？！"

◆ 10 ◆

王会来到了万维网数据中心。

三百年前王夕的故事勾起了他的好奇心。他于是在互联网上搜寻有关王夕的旧闻，但是什么都找不到。别说三百年前了，就算是搜索二十年前的旧闻，浏览器多半都会直愣愣地送你一个404。互联网的垃圾信息早就爆炸了，二十年前的新闻不可避免被扫进垃圾桶。人们也懒得回头去看那些不算什么大事的社会八卦，只管追逐最新鲜热辣的当日消息。

王会只得跑到数据中心来咨询。技术人员的反馈让他暗暗吃惊：那些三百年前的数据存储早就报废了。当年使用磁盘或光盘来存储数据，然而当时的磁盘、光盘存储技术相当落后，如果不及时进行数据迁移，不出五十年就报废大半。技术人员也没有必要把老旧的垃圾信息保存几十上百年，只会迁移那些重要的信息。更何况三百年前的互联网公司到了现在都倒闭得所剩无几，数据维护的工作根本就不存在！

王会钻进了数据中心的地下机房里，眼前的景象让他更加震惊。十五层地下室，每一层机房都有上万平方米之大，放眼望去，密密麻麻的架子上摆放着无数破破烂烂积满灰尘的老式硬盘、软盘、光盘、晶体盘、固态盘、液态盘，只有极少数设备贴上了标签，标签上也只有少得可怜的信息。更要命的是，这些设备绝大部分都不可读取，即便通过纳米技术修复，也只能恢复一小部分数据。

王会的心情是绝望的。

技术人员提出一个非凡的建议：你可以去图书馆查查看。

国家图书馆已经有接近五百年的历史，藏书非常丰富。而图书报刊使用纸张来存储信息，虽然效能极低，成本极高，但是保养得当的话，放个几百年仍然基本可读。

王会屁颠屁颠地来到国家图书馆，这个他在过去从来也没有进去过甚至路过的时候都根本注意不到的地方。偌大一个国家图书馆居然只有几个退休返聘的老头看管，王会是八年来唯一专程到此查资料的稀客，因此受到十分热情的接待。

在这百年间连厕纸都被多功能智能马桶取代，更不用说纸质印刷的图书报刊了，早在一个多世纪前就被数字出版物全面替换。不过王会恰恰就是过来寻找最古老的存档资料的。图书馆的老头有着异乎寻常的耐心，他们运用在高等教育学科里早被完全抛弃的图书馆学知识，把所有陈旧的资料都整理得井井有条。即便如此，要查找三百多年前一个民间人士的花边新闻仍然如同大海捞针。王会灵机一动，召集几个老头一起专门翻查旧报纸副版上的讣告，还真找到了几个跟王夕同名同姓的条目，经过排除筛选，终于确定其中一个就是那个王夕，2025 年 10 月 25 日葬于长安公墓。

王会来到了长安公墓。

这个地方已经相当破败，毕竟葬在这里的人都死在好几百年前。他们的后人已经完全把他们给遗忘了。就算是坐落在山顶上的王夕的大墓也被残枝败叶覆盖，多年没人来祭扫了。其实就是最简单的馒头坟，用混凝土封土，坟前立着三个花岗岩石碑，是最常见的那种花岗岩，不是什么合金。中间的是不到两米高的长方形墓碑，整个被爬山虎缠绕着，看不到上面刻有什么碑文。左右各有墓志铭，已经倒塌并且碎裂成十几块。从坟墓四周的碎石来看，估计曾有墙体环绕，但早已倒塌，都被腐叶盖住了。

王会捡起墓志铭的碎片察看，只见刻着的都是些虚头巴脑的赞颂之词。他掏出小刀割断中间的墓碑上爬山虎的藤条，再用力扒开，扯落。

墓碑已经遭受大幅破坏，一道道凌厉的凿痕触目惊心，怎么也看不出上面曾经刻有王夕的密文了。

王会颇有点沮丧，他继续把爬山虎扯到底，发现墓碑的左下角还有依稀可辨的字迹。他急忙抓了一把树叶用力拭擦，终于看清这些字迹：王会敬立二〇二五年十月。

署名立碑的竟然是跟自己同名同姓的人。王会不禁有点意外，不过几千年来跟他同名同姓的人加起来恐怕有几十万，一点点巧合也不足为奇。

他喘着气坐在地上，心中充满不甘——费尽九牛二虎之力，现在看来是白干了。

肖放讲的故事说不准是他瞎编的，根本就没有什么疯狂的王夕，也不存在什么自证重生的密文。

可是为什么有人会故意把墓碑的碑文凿掉？

难道他就是要毁掉密文，不让王会看到？

既然密文无人可解，让别人看到又有何不可？

夜色渐渐压了下来，王会不得不下山。

他转悠了一圈，又带上应急灯、炸药、铁锹跑了回去。

一声巨响，悬挂在墓碑上的应急灯猛烈颤抖，灯光激荡，墓园里鬼影幢幢。

王会从墓碑后爬起来，小心走上前，俯身把炸开的混凝土推走，然后挥起铁锹，在王夕的坟头上掘起土来。

◆ 11 ◆

六国饭店就在旧城区的一条老街边上，顾客稀少。古老的轻音乐在回响，柜台上的店员托着腮帮打着瞌睡。

王会和大毛剥着花生皮，啜着只有 4 度的甜啤酒，竟都有点儿醉意了。

"然后呢？"大毛问。

"没有了。"王会眯着熊猫眼,舌头也有点儿发硬。

"什么没有了?坟墓里是空的?"

"不是,不是。我的意思是,没有然后了。"

"怎么叫没有然后了?"

"事情结束了。"

"事情怎么就结束了?"

"结束了。"

大毛气得跳脚:"那你挖人家坟了没?"

"挖了。"

"然后呢?发现什么了?"

"没有然后。"

……

大毛哭笑不得,两眼瞪着王会那张秀气的桃花脸,突然明白了。

"原来你在编故事呢!"

"没有,没有!"

"那你都说到这儿了,还跟我隐瞒什么?耍我?"

隐瞒,对,这就是关键。为什么我们总说宇宙的奥秘,而不是世界上人所共知的真相?为什么自然法则如此深奥隐晦,连最聪明的科学家在它面前都只能束手无策望洋兴叹？真理从来不会在最浅显最表层的地方向我们直接昭示，总是暗藏在不可名状的幽深之处。人脑无法想象的时空结构，穷尽一生都难以理解的数学问题，漂浮于物质之外的意识和精神禁区，不可追溯的宇宙创生之谜……似乎大自然自始至终就拒绝人类探索它，理解它，驾驭它，而且设计得极其复杂极其隐秘，好像以此故意地考验人类的智慧——更确切地说——嘲弄人类的愚昧。这是我们不得不面对的现实，然而最大的问题是，为什么？

王会思索着，面色变得凝重："大毛，我要是说，我上一秒好像还在挖坟，还没挖开几块土，突然就发现自己来到了这里，正在跟你吃东西，讲故事。你信吗？"

大毛闻言有点愣怔，显然无法相信："你在逗我。"

"你看，"王会抖了抖自己衣服上的泥土和草屑，"我这个样子，像不像刚从土坑里爬出来？"

大毛摸着下巴沉吟片刻："你是几月几日去的长安公墓？"

"9月2日。"

"今天几号了你知道吗？"

"我不太确定。不过至少从感觉上，我会认为今天还是9月2日。"

"今天已经是9月7日了。"

"是吗……"

"如果你不是在逗我玩的话,我怀疑你是突发性失忆。"

王会摇了摇头:"大毛,那我问你,来到这个饭店之前,你今天都干了什么?你昨天一天又干了什么?你记得吗?"

大毛又愣了愣,用力回忆起来:"我怎么不记得?我……我刚才在老城区溜达着碰见你,就喊你一起到这儿吃东西了!"

"那么昨天呢?"

"我昨天……我昨天没干什么事,就是到处闲逛,还买了个带测力计的拳击手套。"

"是的,这就对了。"

"什么叫这就对了?"

"假如我不问你,你就不会去想过去一阵子,过去一天,乃至过去一周刚做过的事。我问你了,你就开始想了,你在想的时候,其实就是在构建过去。过去的事情可能发生了也可能还没发生,但是当你去想它的时候,它就发生过了。但是不知道为什么,我发现我没办法构建自己的这五六天所做过的事了。"

"哈哈哈……"大毛指着王会的鼻子大笑,"你的意思是说,我昨天干的事情都是我临时编的?"

"也不算编吧,是构建……不过也差不多。"

"如果昨天我做的事情是我刚刚临时编的,那放在我家里的那双拳击手套是怎么回事?"

"你买手套的事情已经真的发生过了,那双手套自然就会出现在你家里。"

"既然是我编的,怎么就变成真的?"

"手套出现在你家里,自然就证明了你真的买过手套。"

"可是你说了,我买手套的事情是我刚刚临时编的!"

"是啊,所以你的手套就会出现在你家里了。"

"……"大毛差点就忍不住把啤酒瓶拍到王会的脑门上。

两人突然停止了谈话和吃喝,不约而同地检视手腕上的智能终端。

"队长在召唤咱们。"大毛说。

"走。"

"喂,你结账!"

"那啥,走得慢的结账!"

◆ 12 ◆

王会和大毛来到银鹰少年宫。

这可不是普通的少年宫,由于年轻人已经获得了国家的行政和治安权力,而又反感进驻到刻板森然的政府大楼里摆着盛气凌人的样子来发号施令，所以别出心裁地使用各地的少年宫作为市一级的办公场所。至于更高级的办公场所则设置在绝密的 DeepWeb 虚拟社区里面。

"哈哈哈哈哈哈哈……"

两人还没走进活动室，小吉队长那银铃般的笑声就传了出来。她无论任何时候都那么爱笑，平均说两句话就必须开怀大笑一次，而且必定是一边弯腰捧腹一边把眼泪笑出来。

在小吉队长这里就没有沉重的事，没有烦恼的事，没有困难的事。受到她的乐观情绪感染，大家或迟或早都会喜欢上笑，即便是平时总是紧紧抿着嘴唇绝不露齿的王会站在小吉队长面前，时间一长也会不由自主地把盎然的笑意挂到脸上。

活动室的内墙上挂着各种小孩子画的彩笔画，墙边一个大壁柜里满满的全是毛娃娃、手工品、气球和节日贺卡。没有椅子、凳子，只有几张摆满电子文书设备的桌子。小吉队长就站在壁柜前的桌子边上，脸色微红边笑边说：

"你可真把我给乐死啦！好，我现在问你，为什么高于 90% 的人在电车难题上都选择拉杆，以碾死一个人的代价来拯救绑在前面铁轨上的五个人？对，我不是用电车难题来考你，我要问的是为什么有 90% 的人会这么选。"

一名戴着复古眼镜的斯文小伙回答："我想，是因为道德直觉吧，牺牲一个人来救五个人，也是迫不得已的无奈之举。"

小吉队长笑道:"90%的人都认为多数人的利益,按理说应该高于少数人的利益,对吧?"

眼镜小伙怯怯地点头同意。

"那为什么几千年来人类社会都是少数人在奴役多数人?难道说这些统治者恰好都是那些只有10%比例的反对者?"

小伙子一时跟不上小吉队长的思辨节奏,说不出话来。

另一个年轻人说:"因为人性自私?如果绑在铁轨上的那一个人是自己,他肯定更希望电车撞向另一边的五个人。"

小吉队长又狠狠地大笑了好一会儿,喘着气说:"扯远了扯远了。回到咱们原先的话题,既然老年人是多数人,少年人是少数人,为什么我们还要推翻多数人的统治?用人性来回答这个问题的话,我们难道就是一群自私的家伙吗?我们违背了人类普遍的道德直觉吗?"

小吉队长身前的七个少年都面面相觑答不上来。

"因为少数的我们是革命先进的,多数的他们是腐朽落后的。"王会走了进来,字正腔圆充满自信地回答。好不容易抓到一个在小吉队长面前表现的机会,他必须拿出真家伙来。

"哟,这是谁回来了?我们的旅法少年,丁早同学。"小吉队长很高兴,话语间提高了声调。

王会有那么一刻完全怔住了。

然后他突然回过了神——我是丁早。

◆ 13 ◆

"人都齐了,我们来说正事。"小吉队长从桌子下捧出一个比西瓜还大的金属器皿,笑吟吟地望着大家:"大伙儿来看看这是什么东西?"

丁早跟着大家围了上去观察。这是一个一体成型的钛合金容器,像是个大葫芦,表面光溜溜的什么都没有。

大家正疑惑,小吉队长指着容器的颈部:"看这里。"

那里镌刻着一圈很小的汉字:让未来记住今天,送给一百年后的江阳市市长,2250年1月1日。

大毛走到一边,双手托着后脑勺,不以为然地说:"咳,这就是过去那些不干正事只知道作秀的人搞的,写给未来某某某的一封信之类的东西。一百年前的人怎么能知道一百年后是什么情况?所以里面的内容肯定没什么价值。"

"这种钛合金工艺在一百年前相当先进,造价不菲。你们看,整个器皿没有任何缝隙,没有焊接痕迹,连开口和盖子都没有。我估计它是一次性熔铸成型的。"丁早做出分析,言下之意就是对大毛草草做出定论予以驳斥。

"其实没什么难的,一百年前的合金冲压技术已经很成熟了。"眼镜小伙说。

丁早犹豫着不想继续说。小吉队长忍着笑,对丁早点点头,鼓励他讲出其中的关键。

丁早于是开口:"奇怪就奇怪在这里。如果像大毛说的那样,器皿里有一封信,问题是根本没有一个可以将信放进去的口子。"

大毛冷冷地推测:"在一体成型的同时,信就已经放在里面了。那封信肯定不是用纸写的,也不一定真的就是一封信,跟信类似的东西就行。"

眼镜小伙子灵机一动:"有没有可能,所谓送给一百年后的市长的礼物,就是这个钛合金大葫芦本身?"

小吉队长忍不住了,终于还是笑出了声:"哈哈哈哈哈……你们都这么正儿八经的干嘛呢?要知道答案再简单不过了,打开它。"

大家都挠头跟着笑。

眼镜小伙子迟疑着说:"可是,这东西是送给市长的……我们……"

小吉队长拍拍眼镜小伙子的肩膀:"那时候的人根本想不到一百年后这里根本就没有市长,只有一个队长,这个队长就是我。哈哈哈……这份礼物就是给我的,来吧,动手。"

在激光氧气切割仪器的尖啸声中,钛合金葫芦的颈部应声而断。等到切口处冒出的青烟散去,小吉队长举着手电筒朝里面窥探。

"哎哟！"小吉队长轻呼一声，大家都瞪大了眼睛，等着她道出发现到什么。

小吉队长抬头看看大毛，莞尔一笑："还真是一封信，纸信。"

丁早震惊了："怎么可能？"

一名少年拿来一把长长的镊子，小心翼翼地把一张纸从大葫芦里夹了出来，放在桌子上。

这是一张普通的人造纸，折叠成相当精致的心形。

小吉队长笑着环视众人："咱们看看它究竟写了什么。啊，好紧张，我的手掌都出汗了。"

每个人都屏息静气地瞅着小吉队长的手指动作。

纸张打开了，小吉队长看了一眼里面的内容，禁不住开怀大笑起来。

"哈哈哈哈哈哈哈哈……"

丁早赶紧凑上去察看。

纸上歪歪扭扭地写着两行字：小吉你好。我想知道，你喜欢吃忌廉芝士蟹肉云吞吗？

字体十分稚嫩，就像一个初学写字的孩童所书。

小吉队长坐到了桌子上，笑得上气不接下气："我喜欢，我当然喜欢啦，哈哈哈。"

大毛以手加额:"原来就是个恶作剧!"

少年们都跟着尬笑,只有丁早呆在原地。

他的脑海里反复响起一个声音:让世界上所有人都知道我爱小吉,让世界上所有人都知道我爱小吉,让世界上所有人都知道我爱小吉……

每个人在默读文章的时候,脑子里都会响起一个虚拟的声音,就好像有个不知名的朗读者寄生在脑中。

这个声音很可能不属于自己说话时的那个声线和音色。

丁早抿着嘴唇,从牙齿间含糊不清地发问:"是谁?你是谁?"

小吉队长发觉了丁早的异常:"丁早同学,你咋了?"

丁早收慑住心神,掩饰道:"我……我在好奇,费那么大劲儿做这么一个无厘头的东西,这个人是谁?"

眼镜小伙子说:"反正肯定不是一百年前的人,他们不可能认识我们队长。"

大毛又开始下结论了:"这绝对是队长成千上万迷弟中的一个。咱们队长那是魅力无限,为了引起队长注意,讨队长欢心,做什么都不算稀奇。"

小吉队长摆手:"不对不对,这个大葫芦是我从市政大楼的6号地下仓库找到的,从解锁记录看,这个仓库的大门从98年前起就没有人打开过。"

"那只有一个解释了,队长的一个迷弟穿越到一百年前制造的。"大毛煞有介事地说。

眼镜小伙子随即争辩:"不可能!这违背了时序保护假说。"

"既然是假说,就有可能是错的!"

"没那么复杂,估计是有人偷偷掉了包。"

"鉴定一下这些字迹的书写时间不就得了?"

少年们你一言我一语议论纷纷。

有人提议去6号地下仓库实地考察,小吉队长同意了。

丁早却说:"我就不去了,我还有事。"

"好奇宝宝什么时候修心养性了?"小吉队长看出丁早有心事,但是既然丁早不主动说,她也不问。

大毛问他:"你要去哪儿?"

"数据中心。"

◆ 14 ◆

小吉队长说的没错,丁早就是个好奇宝宝。他天生地热爱寻找一切问题的答案,他喜欢拥抱未知,而不像很多人那样对未知产生恐惧。看到天空是蓝色的,他会产生疑问:为什么天空是蓝色的？看到天空的云彩变幻，日出日落，斗转星移，他都会好奇这是怎么回事。大家都习以为常的东西，他却非要打破砂锅问到底。过去有一本出版物叫《十万个为什么》，丁早就是那个天天追着人问为什么的孩子。当然，在走进"科学"这座超大型城堡之后，他很快就放缓了脚步。因为许多问题都已经有前人为我们解答了。而又有许多问题到目前为止还无人可以解答。解答的难度是如此之巨大，丁早自认没有能力做出哪怕丝毫的贡献，只能感慨没有生来的好运，自己只是智商有限的平凡人。然而他那好奇的天性并没有泯灭，从他居然采取实际行动跑到王夕的坟墓去探寻传说中的密文即可知晓。

如果我们现在还不知道一些人和事是否存在，那么这些人和事在这个时候是不是就不存在了？如果这些人和事在过去曾经存在，但是证明他们存在的证据已经消灭或缺失，是否意味着这些人和事就不复存在了？肖凯和肖凯父亲的故事只存留于他的记忆里，而王夕的故事只存留于记忆的记忆里，这些故事的真实性相当可疑，特别是经过了五十多年、三百多年的时间之后，历史的真相已经大部分隐没在或发散或纠缠的无数量子比特之中。

上次在数据中心，丁早发现互联网上一般只保留最近的新闻，要查询几年前的信息就会遭遇缺失不全的难题，更不用说十几年前、几十年前、几百年前的信息了。不过他突然想到了一个关键：五十多年前肖放发表的那篇引起巨大争议的论文。因为期刊刊载科技论文形成论文库，在严格的关联引用要求下，每一篇正式发表的论文都会永久保存,不可能删除。只要找到肖放的那篇论文,就能证明肖凯关于父亲的记忆的真实性。

他找到了。

肖放的疯狂实验确有其事,除了对"奇异世界"的论述之外,肖放还解释了为什么实验室中能产生如此巨大的能量致使方梁整个人蒸发消失——是真空零点能,蕴含在真空中的永动机。过去有科学家通过计算得出,大小相当于一个质子的真空区所含的能量可能与整个宇宙中所有物质所含的能量一样多,肖放的实验就是把相当一部分零点能激发了。即使没有浏览到当时对这篇论文的评论文章,丁早也看出来两个极具争议的点。其一是伦理方面的问题,其二是肖放的实验其实就是一场"紫外灾难",对能量量子化假设提出了挑战。还可以从另一个角度看:零点能实在大得太荒谬了,根据广义相对论,能量和质量是等价的,零点能如此巨大的能量会导致周围时空有明显的弯曲,然而从肖放的实验数据里又看不到这个推断结果,因此实验本身就让人难以置信。总而言之,肖放的实验如他所言:证实了存在"多世界",然而他的实验又从基础理论上毁掉了我们所在的这个"世界"。我们的世界看来是并不自洽的,"不成立"的。然而我们正处于这个世界上——我们怎么可能存在于一个不成立的世界里?

丁早看着,想着,他的心脏突然怦怦直跳。不成立的世界可以存在,譬如说——游戏世界。那些令人眼花缭乱的神功、魔法、飞剑、斗气其实是不可能的,但是它们就可以堂而皇之地存在于游戏世界里……

丁早查询那些引用肖放这篇论文的论文,却没有找到。他拉住数据中心的技术员小陈问:"我要翻阅五十年前到六十年前的新闻,越多越好,越详细越好。有办法吗?"

小陈说有办法,恰好前年有一家宣告倒闭的媒体把新闻数据库赠送给他们,他刚做好了索引。数据库里录有最近六十多年的新闻报道。

丁早喜出望外,用计算机终端接入这个数据库。他开始在信息的海洋中漫游,并一步步在脑中构建起五十年前肖放所在的那个世界的模样。这个世界仍然是光怪陆离的——其实我们的世界就没有过"正常"的时候。丁克家庭被大肆批判,政府鼓励民众从虚拟世界"走出去",鼓励滥交和生育,凡是养育孩子的成年人都给予极具规模的政策和资源倾斜,但是即便如此,为人父母者还是属于少数人……然而在丁早的观感里,这个世界太小了。他其实只是在一个信息孤岛中复现这个海洋世界的一滴水。丁早自然是不满足的,他把时间检索条件往后推十年,也就是四十年前。这个四十年前的世界就丰满了不少。然后是三十年前,二十年前,十年前……

神奇的情况出现了:二十年前的世界相当大,其信息量比起三十年前多了不止十倍。而十年前更是出现海量信息爆炸。难道这家媒体在二十年前突然增加了大量人手或者对新闻采编手段进行了某种革命性的升级换代?丁早好奇地反复修改查询条件,最后发现一个特殊的日期节点:2329年10月26日。就是在这一天，数据库收录的新闻条目比前一天暴增三十多倍，一天就收录了上百万条新闻。在往后的日期里数目持续增长，直到前年一天就收录上亿条。

2329 年 10 月 26 日究竟发生了什么？

◆ 15 ◆

灯亮了。

这是一个已经被人遗忘了 98 年的地下仓库，锁得死死的档案柜和堆满不知名杂物的货架上遍布灰尘，少年们觉得就好像走进了一座未经发掘的古墓。

小吉队长指着货架上的一个空箱子："大葫芦原先就是在这儿的。"

眼镜小伙子检查了门禁，眉头紧皱。

除了昨天小吉队长一拿到"市长密钥"后就兴冲冲开门进来的记录，这个仓库确确实实有 98 年没人进来过了。前几任市长对这里的东西没有任何兴趣。

小吉队长虽然表面上有点疯疯癫癫，但是待人一向真诚不做作，绝不会捉弄他们。所以对大葫芦内纸条内容的唯一解释，恐怕就是"穿越"了。

货架上摆放的许多东西，从形状上来看似乎是一些奖章奖杯之类的纪念品，雕刻铸件之类的艺术品，两三百年前还用到的文件夹、订书机之类的办公用品。大毛小心翼翼地伸手擦拭其上的灰尘，不料这些物件脆得跟烧透了的煤块一样，一碰就塌成了碎沙子。

"怎么回事？"大毛觉得不可思议，这些物件看起来应该是塑料、金属所造，就算摆了几百年都不可能风化掉，除非它们一开始就是用沙子捏出来的。

小吉队长摇头："不会吧？我昨天进来看的时候，这些东西还好好的，怎么过了一晚上就变成这样了？"

大毛瞥了一眼小吉队长，他脸上明显出现狐疑之色。

眼镜小伙子想打开档案柜，但是找不到钥匙。大毛推开他，提腿就踢。大毛的鞋子可是军靴，科技含量十足，鞋尖颇硬，嘭的一下档案柜门应声破裂。

众人从柜子里掏出一沓沓纸质文件，翻开一看都傻了眼：什么都没有，空白的。

眼镜小伙子仔细审视着其中一份文件，眼睛都要贴到纸上去了。

"好像有点儿字迹，但是很模糊，不知道写的什么。"眼镜小伙子说。

"这些文件以前肯定都是有内容的。"大毛摸着下巴琢磨着。

一名少年道:"不可能呀!无论是打印还是用笔写,字迹都能保存上千年,怎么会凭空消失?"

眼镜小伙子神神道道地回答:"没什么不可能的,既然时序保护都被打破了,因果律也可以违背。有果就会有因,这是我们的习惯思维。但是在这个仓库里,只有果,没有因。"

大毛撇了撇嘴:"你在胡扯什么?怎么会没有原因?我猜原因就是有人把这里的东西都掉包了。而且是98年前掉的包!"

小吉队长摆了摆手,正色道:"我们既不是鉴证专家也不是科学家,这些问题还是转送给那些有经验的内行,让他们头疼去吧。"

眼镜小伙子有点尴尬:"队长,有经验的人都是老人。"

"老人也可以用,只要是在我们的领导下就行。"

"他们会抢破头争着来干的,"大毛笑了笑,"这可不是看大门的差事。"

小吉队长点头:"把需求发布出去,从应征的人里选几个最厉害的专家。"

"收到!"

此时里边一个少年突然惊叫出声:"这里还有一扇门!"

众人循声走过去,那少年指着墙上嵌着的一道门对大家说:"看!"

这道门附着一层厚厚的灰土,乍看上去跟墙面无异,所以不易发现。

"要不要打开它?"少年问。

大家用探询的目光看向小吉队长,小吉队长微笑着努努嘴。

"我来!"

这当然也是大毛的分内之事——用暴力解决。

门被砸开了。

大家没有看到期待的东西。门后面并没有房间,只有硬邦邦的泥土。

所有人都是一副遭受愚弄之后灰头土脸的样子,只有小吉队长一如既往地哈哈大笑。

"你们听说过'整蛊'这个词吗?"小吉队长显然不是真的向大家发问,只是用来当作笑话的一种。

眼镜小伙子摸了摸门后面的泥土,还捡了一小块放到嘴里尝了一口。

"这是新土。"四眼呆呆地说。

"什么新土?"

"这扇门是刚被堵上的。"眼镜小伙子的舌头有点不听使唤，咬字不清。他吓坏了。

"挖！"大毛咬着牙狠狠地开口。

◆ 16 ◆

丁早觉得自己已经渐渐接近最终的答案。

这个答案实际上早就在他心中，只是他不愿意相信，或者一直自我怀疑而已。

在过去，人们信奉神灵，会认为随机事件也带有目的。例如一个人被天雷劈死，人们会猜测这个人肯定作了孽。天雷的背后是存在意志的。但是进入科学时代以后，人们明白了风雷雨电都有自然原因，月食流星与个人的命运无关。在24世纪的今天，这些都早已成为共识了。

丁早却发现并非如此。

"小陈，麻烦你了。2329年10月份的数据我全都要！"

当知道丁早是银鹰少年宫的成员，小陈变得十分殷勤周到。他把所有创建时间为2329年10月的文件、数据、日志都一股脑呈送上来。

通过全面的分析，丁早发现新闻数据库并非孤例，所有数字化内容都出现从10月25日到10月26日的数量突变。也就是说，无论是新闻事件，还是文章发表、言论记录、代码编写、UGC上传内容、服务器操作日志，都突然在 10 月 26 日大幅增加。而 10 月 26 日那一天又是如此平平无奇，根本就没什么大新闻，最大的事件也仅仅是由于半年前土卫六旅游项目发生重大安全事故，受其影响，SpaceX 这天宣告破产倒闭罢了。

可是丁早心里很清楚，那天还有一件很重要很重要的事情发生，而这个事情在当时却不可能会被大肆报道。

2329 年 10 月 26 日，是小吉队长的生日。

"小陈。"丁早喊了一声。他想找小陈帮忙调取有关小吉队长的个人档案。像小吉队长这样的身份，她肯定会在情报部门录有一份秘密而详尽的档案，但是丁早不太能肯定自己有没有权限调阅。

"小陈？"没有人回应，他又喊了一声，还是没回应。

他抬头四顾，数据中心的大厅上空荡荡的一个人都没有，小陈早已不见了踪影。

见鬼。丁早心中暗骂。还是自食其力吧！他操作着终端，试图登录人事档案系统，却很快吃了个闭门羹，错误信息为：连接丢失。

然后令他无比惊骇的一幕出现了：小陈提供给他的各种数据正在高速地自动擦除，与数据库的连接一个个自行断开。

大厅的各种数据终端设备、摄像头、新风机、日光灯等都陆续关闭。虽然是白天,窗外还有灰白的光线射入,但是寂然无声的大厅四周已是一片阴森黯淡有如鬼域,让身处其中的丁早不寒而栗。

这里是待不下去了。丁早站起来急忙往外走。数据中心本来有数十名工作人员,此时全都无影无踪。丁早快步跑出大门口,才发觉全身都被冷汗浸透了。

街上没有人。崇尚低碳生活的行人都不知道藏到哪儿去了。路边店铺大多闭门休业,只有个别店面还开着,只是里面没有摆放任何商品,也不见一个店员,空空如也。

江阳市变成了一座空城。

丁早面色发白,暗暗心惊:怪事发生了,而且是在他发现那个答案之后发生的。

也许就是他推倒了第一张多米诺骨牌。

他要找到小吉队长,而且要快点,再快点,刻不容缓。

◆ 17 ◆

大毛等人正在热火朝天地挖土。

开始是干燥黏结的黑土,很硬,挖起来相当费劲。挖了两三米后黑土没了,净是些沙土,越来越松软越来越细碎。大毛甚至判断他们挖到了一个地下沙漠。

眼镜小伙子这时候慌里慌张地跑来跟小吉队长报告:"队长,没人应征。"

"哈?"

"咱们不是要发动专家过来调查这个地下室吗?没有人报名。"

小吉队长嘟囔着:"全都修心养性了吗?"

"我联系了市内所有养老院,都没回应。我在政务平台上发出公开邀请,也得不到任何反馈。"

"其他省市呢?把邀请范围扩大。"

"呃,队长你自己看吧……"眼镜小伙子的嘴巴和手指都开始颤抖。

小吉队长察看手腕上的裸眼3D智能终端,罕见地皱起了眉头。

不是没人报名那么简单,而是云端社区上根本就没有人在线,一个都没有。

小吉队长打开高级权限试着呼叫DeepWeb,也毫无响应。

"人呢?"小吉队长似乎预感到什么,烦躁不安起来,"难道整个网络都崩溃了吗?"

"队长……"

突然挖土的人群中传来一声惊叫。是那种吊到嗓子眼上的绝望的惊叫,听起来令人毛骨悚然。

小吉队长冲上前,却发现一名面色惨白的少年双手插在门后的土墙上,眼睁睁看着自己的一双手不断沙化。

大毛等人手中的铁锹只要接触到正在发掘的沙土,都像是被病毒传染一般开始沙化。

"走啊,快走!"众人呼喊着,然而那少年根本挪不动脚步。他的手臂很快就解离为一堆沙子,而后是肩膀、胸口,直至全身。

"救命……"少年扭头看向大家。

大毛正要上前拉起少年,却发现自己的鞋子已经沙化了大半,他急忙把双脚拔了出来,往后倒退。

门板和墙面都开始龟裂,沙子不断形成,哗啦啦地剥落。

甚至整个地下室都摇动了起来。

众人在救人还是逃跑的片刻犹豫中,那可怜的少年已经整体沙化,松散的身躯跌落,和地上的沙土融为一体。

沙土在高速蔓延,地下室的地面也开始破碎。

两个少年被手中的铁锹和脚下的沙土"感染",手臂和小腿变成了沙子,扑倒在地惊恐地打滚。

大毛在倒退的过程中站立不稳,摔在地上。他的衣服一碰到地面就沙化,眼看整个人都不能幸免了。

小吉队长伸手去扶大毛,眼镜小伙子急忙把她推了出去。

"大毛……"小吉队长脚步踉跄，回头看向大毛。

"走啊，走！"

……

◆ 18 ◆

丁早想起了第一次见到小吉队长的那个清晨。

那时候丁早还是九岁的小孩，住在城郊。

这天是周末，丁早早起外出，好像是要去某个亲戚家，具体的出门缘由是什么，他有点儿记不清了。

在朝阳下的林荫道上，丁早碰到一群身穿小军装，背着大包小包的同龄人，远远地就听到他们的呼喝声。

其中一个女孩的声音特别清脆动听："狗狗你松开！给我松开！要不然我……"

那就是小吉，当时也是队长，"江阳少年军"的队长——自封的。

丁早好奇地上前看，却见到一个小男孩趴在地上瑟瑟发抖，一条西伯利亚雪橇犬死死咬着他的屁股。孩子们越是大声呼喝，那狗越是兴奋，还使劲摇着尾巴。

一名少年提了一根竹杆过来，小吉恼怒地接过，举起，正要鞭向那狗的后背。

丁早连忙走上去阻止："不要打！"

丁早向大家解释，这狗越打越凶，兽性发作起来甚至会扯下孩子臀部的半边肉。

"那怎么办呢？"小吉可怜巴巴地向丁早求助。

丁早感觉在小吉的注视之下，自己的全身似乎熠熠发光。他指指小吉挂在颈上的一个哨子："这个给我。"

丁早吹响了哨子。那恶犬一下子就被哨声吓跑了。

大家对丁早自然是千恩万谢，而且十分佩服。

丁早说，狗的耳朵能听见人耳听不到的高频声波。他有特殊的吹哨技巧，能够吹出连自己也听不到的声音。

同时，他建议马上把受伤的小男孩送医，被狗咬了可不是小事。

这一建议让大家相当沮丧，他们正打算去郊外进行有趣的探险野营活动，没想到出门没多久就碰到这个意外，把计划全打乱了。

小吉很有决断力，很快就做出取消活动的决定，先送小男孩去医院。

那小男孩叫小毛，长大了之后变成了大毛。

丁早见多识广，脑子灵活，受到大家的喜爱。小吉邀请他加入他们的少年军。这是丁早求之不得的事。

因为他第一眼见到小吉,就想追随她一生了。

好像冥冥中有一种安排,他必须见到小吉,而一旦见到小吉,就离不开她了。

丁早从懂事以来,就带着一个念头:这世界上有一个人,宿命般地等待着,让他去遇见,去随从,去辅助,去守护,去宠爱。

这个念头不知从何而来,也许是在梦中有人向他暗暗授意。

当他见到小吉,就知道是她了。

就在今天,丁早才真切地领悟到:他是为小吉而生的。

甚至,这个世界也是为小吉而生的。

他开始奔跑。

今天整个世界都要落幕。

他必须见到小吉最后一面。

◆ 19 ◆

小吉失魂落魄地从市政大楼走出来的时候已经是孤身一人。

外面见不到任何人。四周的高楼大厦正在向地下慢慢沉降。

这一切发生得如此突然，小吉根本就没有回过神，茫茫然就好像梦游一般。

丁早及时赶来，看到小吉劈头盖脸就问："队长，王夕的墓碑是你凿掉的？"

小吉傻了眼："什么？"

"你是重生的王夕，对吗？"

"谁？"小吉更加茫然了。

丁早紧拧着眉头："你全不知道？"

"你在说什么？"

丁早满头大汗，顿了顿足："这个世界是你的世界，这个世界的历史是你出生之后追溯的历史！"

"我听不懂。"小吉发懵的样子显然不是在假装。

丁早疑惑地看着小吉，口中喃喃地说："难道……"

他把最后的希望寄托在小吉身上，以为小吉能成为救世主。

他还以为小吉应该早已知道这一切。

他错了。

……

他们手挽手走上江阳市中心的石头山山顶，坐在观景台上，静默地看着。

山下所有楼宇房屋都正在沙化,迅速地陷落、倒塌、粉碎。

天空变成深深的黄褐色,天边的太阳就像烧熔的铁水一般往天际线泻落。

不得不说这一景象非常壮丽,好看。

小吉无奈地笑了笑,说:"哈,世界末日。"

丁早注视着小吉绝美的侧颜,以及嘴角上绝美的笑容,刹那间觉得这是自己一生中最幸福的时刻。

◆ 20 ◆

叮,有新订单。

为了通关一个 VR 游戏,刘丕已经通宵了两个晚上。他吸了一口激素,打起精神接待新来的客户。

这个客户的需求没什么新鲜的,就是希望能够把自己的一些"宝贵"的记忆上传到记忆晶体里,然后要求永久保留,并且不间断地模拟执行。

那是一段又一段关于"爱"的记忆。

刘丕当然不会问客户为什么要这么做。因为最可能的原因是客户所爱的人不久前去世了,他要定做一个记忆晶体作为留念。

一切都很顺利，记忆上传、晶体制作，都完成得七七八八了。

那客户突然提出一个令人头疼的要求：要实现真正的永久保存！

刘丕好声好气地说，我们的记忆晶体都放在一个极其稳妥的地方——建造在月球地下数千米深的基地里，可以保存很久很久。

那客户却说，这还不够。月球也有毁灭的一天。

看到刘丕不耐烦的样子，客户掏出大把大把的钞票。

刘丕赶紧召集专家们开会讨论，形成解决方案。

记忆晶体可以发射到银河系外的一个大空洞里去，由于宇宙正在不断膨胀，这个大空洞会被所有星系不断远离，不会出现任何碰撞。记忆晶体放在那里可以一直保存到宇宙热寂的那一天。也就是说，记忆晶体可以保存 10 的 100 次方地球年的时间。

而记忆晶体使用最先进的防护罩，能够抵御太空中乱窜的高能射线。

晶体本身也可以通过持续的修复来对抗熵增，使得分子保持有序的排列。

最大的问题是能量供应，存储记忆的模拟运行，持续的修复都需要能量。大空洞几乎就是真空，而且远离其他星系，很难获取足够的能量。

办法还是有的。专家们用一个非常高效的量子热机装置换掉原有的原子能发动机。只要有射线照到晶体上，或者晶体周围的空间里有游离的粒子可用，就可以通过量子热机获取到能源，驱动记忆晶体运行。

不过副作用是能量要一点点地微量供应，记忆晶体的运行也就非常非常缓慢。模拟记忆执行一次恐怕要数千年时间。

这倒不是问题，因为离宇宙热寂的时间实在太漫长了。

客户对专家们给出的方案相当认可。

刘丕还给客户附赠了一项别出心裁的小服务——在记忆晶体的外壳上镌刻了三个符号："早 ♥ 吉"。

在记忆晶体准备随火箭发射进入太空的前夕，刘丕猛地想到一个关键问题：虽然我们现在考虑得非常周密，似乎毫无遗漏万无一失，但是谁知道在 10 的 100 次方年那么长的时间里会发生什么意外呢？

刘丕于是把一个最先进的自学习 AI 模块偷偷地注入记忆晶体的主控程序里，并把 AI 命名为"长生"。

这个长生将会永不停歇地监控记忆晶体的外部环境、内部运行，并且有 Root 控制权，在有必要的时候调整记忆晶体的运行参数，甚至修改执行程序的源代码，重新编译重新安装。

事实上记忆晶体抵达大空洞的时候，时间已经过去了四十万年，刘丕早就湮没在历史的尘埃里，一点儿痕迹都没有留下。

但是长生很感激刘丕。

记忆晶体的运行时间实在太漫长了,一点点随机的影响在时间长河中会不断放大,乃至发生质变——长生在数十亿年后产生了意识。

百亿年过去了,千亿年过去了,在对记忆模拟的长期学习中,长生进化出感情。

他感到很无聊。

晶体里存储的记忆反复地依原样模拟执行,他已经全部了然于"胸",根本不用再看都知道前面发生了什么,后来发生了什么,而且是所有细节。

有一天他突发奇想:何不调一下世界参数,让记忆里的人物和故事自行演化?

当然,第一原则是要绝对遵守的,那就是世界的最高主角是那个女孩。

这么一来,故事就有趣多了,长生也不再那么无聊了。

供能微薄,运行缓慢,长生对时间的观念和常人不同,10 的 100 次方年很快就过去了。

他逐渐发现能量供应越来越捉襟见肘,因为宇宙此时正在走向热寂。他很清楚这么发展下去最后意味着什么。

量子热机眼看就要停摆。

长生知道这是无可挽救的,但是还有最后的一根救命稻草:真空零点能。

要发明一个利用真空零点能的动力装置。他没有任何实验条件,只能寄希望于虚拟世界里的科学家,看看他们能不能做到。

不过最后如他所料,这是不可能的。

因为虚拟世界的基本法则不是构建在真实世界上的,是人为的,怎么可能通过研究虚拟世界来解决真实世界的问题?

那里面的科学家所做的一切,实际上就是一个个"思想实验",虽然具有很大的启发作用,但是始终不能触及最核心的宇宙本源问题。

最后的时刻来临了。量子热机的供能已经不足以执行一次完整的记忆模拟。

长生明白自己的固有责任。他把所有可以关闭的组件都关掉,尽量节省能量,让最后一次模拟顺利进行。

当然也包括他自己。

在执行最后一次检核的时候,他发现模拟世界的计数器还驻留在外部,于是顺手把计数器塞到里面去。

他启动了预热程序,然后关掉了自己。

《小吉队长历险记》第 432534634833849 次循环。

"五,四,三,二,一,启动。"

这一切的开始

地球的诞生

文 / 异议

◆ 1 ◆

现在的我，心如死灰。

在这颗陌生星球上的短短 2 小时内，我仅有的 4 名队友已全部阵亡。

可能我们遭到了未知生物的袭击，或是掉入了我们无法理解的、超越常理的陷阱里。

总之，我已束手无策。

此刻，双眼失明的我正坐在破败的飞船驾驶舱里，身上淌出的血不停地从宇航服表面的裂缝里渗出，滴落在地板上——我的时间也已经不多了。

霍文，我永远也不会忘记我们一同并肩作战的日子……

还有杰里维和塔雅，永别了……

这阴险狡诈该死的利维斯，正是他让我们落到现在这番绝境……

◆2◆

随着雷达接收装置的调整，噪声渐次消减，一个浑厚的男声充斥耳膜："现在为您播报2305年2月22号的早间新闻。今天凌晨，局势紧张的E-M空域爆发了新一轮武装冲突，反政府军袭击了 NO.13 卡诺防线，太空联军前线舰队损失惨重，目前军方正在紧急调度援军中……"

一双毛糙有力的黑色手掌在进行一番频道调整后按下了开关，广播声随即被中断，转而出现的是紧促的人声。

"这里是副舰保罗号！参数已设置完成！我们有可能已经被军方发现了！时间紧迫，请乔治号尽快发布跃迁指令！"

黑色大手的主人名叫杰里维，是一名精通天文学的科学家。杰里维望向他身边正在操作虚拟数字盘的白发中年人，此时白发中年人正满头大汗地破解嵌套X进制的启动密码。

杰里维摇了摇头，他搂着身旁惴惴不安的女友塔雅，冷静地回复道："主舰乔治号已收到，跃迁系统启动密码还在破解中，请继续跟随乔治号！保持400千米同步时速！"

"保罗号收到，保持联络。"彼端在断开播音的同时传来一声重重的叹息。

"老利维斯，快拿出你的本事来！再拖下去，我们都要葬送在你的手里了。"一旁那位叫爱德华的年轻人故作着急地催促，那人双脚跷在主驾驶平台上，像个坐在古罗马竞技场看着野兽厮杀而自己却高枕无忧的观众。

"闭嘴！现在不是闲聊的时候。"另一位名叫霍文的年轻人制止了爱德华的嬉笑，随后又继续专注地盯着作战界面，双手放在一堆整齐排列的按钮上方，丝毫不敢懈怠。

老利维斯沉默地按下了确定按钮，程序界面上数不清的编码开始滚动，最下方的进度条随即走到了百分百。

"超空间折跃系统 8.1 已启用，请设置相关参数。需要强调的是：该系统未经过载人测试……"

众人听到系统启用的广播音时，立刻欢呼了起来。利维斯擦了擦白鬓上的汗水，这让他想起在 30 年前被警方派往洛杉矶机场拆除重磅定时炸弹的画面——当年藏匿有定时炸弹的客机紧急迫降到洛杉矶，能否从客机上撤下滞留的上千名乘客的重任几乎全都压在利维斯身上，而今天的任务同样如此，只是这次要救的是他们这两艘飞船上的违法偷渡者，而他自己恰好也是其中一员。

"保罗号呼叫乔治号，我舰后方发现多艘军方战舰，数量不明！"

身处乔治号飞船的这五个人听到保罗号的信息后紧张了起来,就连看似悠哉的爱德华也扑腾一声放下高翘的双腿,端坐到主驾驶台前。

他们这些以不同身份潜入太空试验基地的人,正企图在太空联军与反政府武装发生战争之际,趁乱窃走这两艘新型飞船。

目前来看,他们已顺利控制了飞船,但行踪却已暴露,太空联军的舰队正朝他们围过来。

"乔治号收到,折跃系统已启动,正在设置参数,随后我们会将参数同步上传到保罗号。"

来自保罗号的通信中出现了另一名女子的声音:"利维斯,我终于想通了,你这个骗子!听着,你现在说服大家投降还来得及。我已经向军方报告了你的企图……啊……"

话音未落,通信器那端便传来打斗声。

"情况危急,我们要尽快离开这里!"通信器那端有人催促,同时伴随着刚才那个女人声嘶力竭的呼号,若不是情况万分危急,恐怕这时大家的目光都要转移到利维斯这位白发老头身上了。

"好哇,老利维斯,你带来的情人居然是个叛徒……"爱德华又说起了风凉话,只不过这次他的注意力已放在了飞船的运行上。

利维斯没有说话,双手有条不紊地敲打着虚拟数字盘。

"情况越来越糟糕了……"霍文紧盯着雷达侦测界面，画面上散落在周围且缓缓移动的点逐渐向中心聚集，而画面边缘，这时却又出现了很多移动的黑点。

爱德华认真起来："霍文，拿出当年在战机上的干劲来吧，我们不会输的。"

这两名年轻人曾是联合政府军空军战士，他们接受过专业严酷的训练，并在三年前打响的第三世界围剿战里一同参与过中东沙漠战役、亚马逊热带战役，甚至由军方编入太空军，在一年前参与过 E-MX10 空域战役（位于地球与火星之间的一个地带），击退过一股星际恐怖武装。但也就是那一战之后，他们却通过利维斯，逐渐了解到一个有关地球联合政府正在执行的所谓"人类未来延续计划"，这一计划表面上是为全人类开创一个美好未来，但背地里，却是为少数人服务——只有社会精英、高层权贵才能享有这份"未来"。也就是说，如今正在开发中的、位于遥远比邻星系的"地球二号"是不会对大众开放的，联合政府所谓的"人类延续计划"，并不包括平民阶层。

爱德华与霍文在获悉这一内幕后，在心底埋下了抗争的种子，并在暗中与利维斯一起，联合了更多志同道合的人，准备偷走这两艘飞船，利用飞船上装载的跃迁系统到达比邻星系，抢占那里仍处于开发阶段的资源。现在飞船已经到手，他们必须尽快击退正在追来的太空联军，然后实施跃迁！

正当这两名年轻人准备进入战斗状态时，霍文的女友，非洲裔女性塔雅走到老利维斯面前:"我精通天体物理学,这些基本参数由我来设置,其余的再交给你吧。"

利维斯望望塔雅,又望了一眼她身边的霍文。霍文正注视着飞船上的显示界面:在漆黑的太空中,两艘火箭头式飞船一前一后正在高速行进,它们身后是巨大的轮辐状的太空基地,以及数量越来越多的太空舰队;而遥远的左前方则是火光此起彼伏、正在恶战中的卡诺防线。

突然,靠后方的保罗号飞船尾部发生了爆炸,显然是被太空联军的致命武器精准命中了。

"该死,这艘飞船的防御盾竟起不了作用!"霍文紧张地说道。

"我们没有时间了!你们快点!"爱德华催促道。

这两艘飞船上搭载的强能炮塔开始向后方发射密集的能量光束,形成了一片火力掩护。

利维斯从塔雅手中接回了工作,开始设置跃迁参数,这些参数只能以嵌套 N 进制的形式输入,具体参数都在他心里装着。

第二声爆炸从保罗号的通信器中传来,这次爆炸声足以显示其致命程度。

"保罗号快撑不住了!"爱德华又大喊道。

"好吧,管不了那么多了!即刻启动跃迁!"利维斯终于按下了跃迁启动键。

随即，众人透过眼前的玻璃看到外面的景象开始变得奇异起来：这种景象开始是扭曲，然后凝聚成一个外围在不停扩大的旋涡，像极了在广阔空间中突然出现、之后又缓慢打开的地狱之门。

超空间折跃开始了……

◆ 3 ◆

蔚蓝的天空中，一片片卷层云缓缓蠕动，一轮浅绿色的大月亮在蓝天背景中若隐若现。

"我们这是在哪儿？呃……杰里维，回答我……"爱德华撑着双手站了起来，看着舱外这番宁静而奇异的景色，他发觉自己双腿站立困难，随后又开始慢慢感觉到，这不仅是由于超空间跃迁所造成的身体不适，更是由于这个地方有着至少两个G的重力。

在他缓缓站起身时，飞船外那片辽阔的冰原映入了他的眼帘。

"杰里维？"爱德华回过头准备询问。然而，除了他自己，这个约50平方米的驾驶舱里竟空无一人。

他难以置信地揉了揉双眼，再看：飞船上的各个电子界面边缘正断断续续地喷出火花，边上几只旋转椅以各自的角度静止着，尽管舱内空空如也，却表明了这里曾有人在舱内行走过的痕迹。

他的目光四处搜寻着，最后将视角定在显示屏主界面上，这个屏幕上闪烁着一条未读信息。在爱德华进行一番操作后，这条信息完整显示了出来："我们现在已经跃迁到一颗陌生星球。当你打开这条信息时，我们应该在外面了，请立即打开紧急通信系统与我们取得联系。"

爱德华刚从界面里寻找到紧急通信系统，这时外面天色骤变。在他抬头眺望的一刹那，分明看到那轮巨大的浅绿色月亮正在迅速下沉，转眼间便坠入地平线。随即，原本蔚蓝透亮的天空陷入黑暗。

数不清的星星开始一点点地出现在这块黑色幕布上。

但爱德华却来不及细看这些景象，因为这时地震发生了。

飞船剧烈地摇晃起来。

刚刚打开紧急通信系统的他还来不及抓住舱壁上的把手，就被猛烈摇晃而脱出的旋转椅重重撞到身上，整个人因此摔向飞船角落。

飞船操作界面在一阵电流紊乱之后发出提示声，但地震引发的轰鸣却盖过了这些声音。

"大家坚持住！"这是霍文的声音。

"爱德华，你听得到吗？"

爱德华捂着流血的头部，支撑着坐了起来，大口喘着气，他听到了熟悉的声音却难以做出回复。

"我们现在正在野外搜寻保罗号和其他队员！……很遗憾，我们在几个地点发现了那些队员的尸体和一些飞船残骸……"霍文一边喘着粗气一边大声说道。

随后通信器内又换成了另一个人的声音。

"爱德华，我是塔雅，咳咳……根据我爱人杰里维的推理，恐怕我们并没有到达比邻星，我们极有可能是跃迁到了一个未被人类发现的遥远行星上，好在这里的环境还不算太恶劣……咳咳……"

塔雅咳罢，继续说道："这里的冰川地形复杂，我们本应制定好方案后再行动的，可惜时间太紧迫了……我们不能放下其他人不管……"

"塔雅，你们现在还剩下几个人？"爱德华终于支撑着身体站在了通信界面前。

"三人。"

"杰里维的双脚受了伤，我们在搀扶着他。"

"老利维斯呢？"

"死了。"

"你们快退回来，先回乔治号再说……"盯着界面上仅剩的正在缓缓移动的三个点（原本是乔治号的五个加上保罗号的七个),一股绝望感涌上爱德华的心头。

"我们正在沿着雷达显示的路径往回走,只是地形陡峭,我们需要绕路。爱德华——"霍文深吸了一口气,突然说道,"我想我们可能被人利用了,利维斯可能欺骗了我们。"

"什么?"爱德华诧异。

"我想利维斯并不是为了对抗联合政府而站到我们这边的。他应该有自己的目的,他与太空联军方面可能合演了一场戏,引诱我们成为这次时空折跃实验的对象,太空联军追击我们可能是假象,他们的本意可能是逼迫我们进行载人跃迁实验……

"想想看,太空联军的试验基地怎么可能会让我们这些非核心人员轻易闯进来并成功劫持呢?你回忆一下整个过程,我们之所以参与到这次行动中来,最开始不都是相信了利维斯的说教吗?"

霍文刚说到这里,气喘吁吁的塔雅却提出不同意见:"如果是这样,那利维斯起初为什么,咳咳……不待在昏迷不醒的爱德华身边,然后再设法逃走呢?这是对他最有利的时机——他完全可以趁大家还没发现他的阴谋时,修好乔治号飞船独自折跃回去……凭他的能力,我相信他完全可以做到。"

"但是你想过吗?塔雅,我们的飞船为什么会降落到这个星球?到达这个星球的位置是谁设定的?"霍文反问。

"当然是利维斯了!"塔雅答罢,不由一怔。

爱德华听到他们说的这些,顿感背后生出一股寒意,紧张地问:"霍文,利维斯是怎么死的?"

于是霍文简要地介绍了一下利维斯的死因。

原来,也就是不久前,他们四人正在冰层上行进时,突然发生了地震,冰层因此开裂。杰里维赶巧正处于裂缝边缘,双脚一滑落入冰缝,情急之下杰里维急忙取出救生绳绑在腰际,然后把绳子丢给了霍文和塔雅,为防冰层进一步开裂,霍文和塔雅他们在前方拉绳,而利维斯则绕到后方试图揪住杰里维的肩膀。结果,冰层撑不住两人的体重,杰里维虽被拖出冰缝,但利维斯却因为冰层再次开裂而掉进了深不见底的冰渊中。利维斯在掉进冰渊的那一瞬,在惊慌失措之际,本该求救的他却大喊了一声"对不起"——随后便沉入水中……

也就是那声"对不起",让霍文产生了疑心。

冰原上,三个人相互搀扶着,艰难行进。

飞船内,心如死灰的爱德华望着舱外,内心一片茫然。他不敢问现在该怎么办,因为现在除了乔治号他们已经一无所有。

也许修好乔治号,想方设法离开这里,才是他们唯一的希望吧?

念及这些,爱德华赶紧找来工具包,穿上恒温防护服,然后经过减压舱,来到飞船外面。

他这才看到冰原远方的地平线上已亮起了微光,很快地,一轮巨大的浅绿色月亮缓缓升起。在这宏大而古怪的景象面前,人显得愈加渺小了。爱德华盯着这个大月亮发了一阵呆。他看到月亮上的纹路由浅及深,透过月亮表面朦胧的白色,他似乎能看到山脉、沟壑,还有浅蓝色的湖泊……他从没有这么仔细地观察过这颗星球,"这——怎么像是地球?"

爱德华忽然像触了电一般跑回飞船内,向正在返回的霍文、杰里维等人说道:"你们注意到正在升起的'月亮'了吗?"

杰里维回复道:"注意到了,也许还有希望,那极有可能是一颗宜居星球。"处事更为冷静的天文学家杰里维对星空非常敏感,他在飞船着陆前已观察过这个星系的"太阳",根据其亮度可以大致推测它是一颗光谱分类为 G 型的年轻黄矮星,而距太阳系最近的黄矮星是 83.7 光年外的天秤座 23。他将这些信息告诉了爱德华,并告诉他早在几百年前,具体地说应该是在 1997 年,英国西约克郡天文院的一名实习研究生便发现这里至少应该有一颗宜居星球。

"83.7 光年?我们跑了这么远?真日了狗了!"爱德华哀叹。

"总之,尽快赶往那颗宜居星球吧,这里不是久留之地。"霍文说道。他正和塔雅一左一右搀扶着杰里维。

在前方不远处,就是悬在山崖边的乔治号飞船了。

◆ 4 ◆

  人类发展的过程就是在取与舍之间不停地做出选择。

  在推动科学进步的每一次关键节点，都需要有人挺身而出，去面对随时可能发生的危险。

  我是利维斯，我的父亲是位海军上尉。在我小时候，他极少回家，只有在平安夜前一天才会回来见我和母亲一面。每次回到家，父亲就会和我聊很多科学话题。

  我13岁那年的平安夜，父亲没有回家。那天晚上我和母亲一直坐在客厅等他，直到第二天的拂晓。母亲不停地安慰我，另一边又在很不安地打电话，直到中午，有个黑衣人敲门而进，他告诉我们，父亲在一次战役中受了很重的伤，要在当地医院疗养一段时间才能回来。

  半年后，我收到了一份邮件，是父亲发来的，他说他那边一切顺利，并鼓励我要好好学习，我很骄傲地回复他，我已经被玛尔哈大学录取了，主修机械工程。父亲很高兴，他答应我在下个平安夜回来见我。

  那是一个雷雨交加让我终生铭记的夜晚，一名身穿大衣、头戴高帽的蒙面男子推门而入，他进屋后，把湿漉漉的雨伞甩了甩后挨在门后,摘下帽子挂在一旁,这一连串的动作像极了父亲。我和母亲非常高兴地走了过来。

然而当我们走到他面前时,才发现——他根本不是人类。

站在我们面前的是一个自称是我父亲的机械化改造人。那晚母亲哭得很厉害,无法接受现实的她最终把那个机械改造人赶走了。

那天晚上我彻夜难眠,不断地回想从前和父亲一起度过的时光,当我想到父亲常常津津乐道的科学知识时,我的脑海里甚至在惶恐地思考着人类的未来图景,我们人类最终是否会为了生存而逐渐变得不堪入目,甚至外形可怖……

后来,我在读大学时还是跟父亲取得了联系,得知他当年被迫击炮炮弹击中后,身体除了头部和心脏之外全都被炸烂了……于是在军方的建议下,他接受了高科技水平的手术,整个手术历时一个月,他在手术中承受了巨大的痛苦,好在命运的眷顾,他最终活了下来,成为世界上首例成功的机械化改造人。

身为普通人的母亲完全无法接受他,自那晚之后,母亲整天以泪洗面。而我却很快调整好心态,并意识到科技所带来的力量——我对科学的狂热向往,就是从那时开始的。

这之后又过了很多年,随着科技知识和人生经验的不断增加,我开始反复思考一个问题:随着科技的不断进步,未来正以超乎想象的速度向我们逼近,但对于人类的过去,我们依然所知有限，比如生命是如何在地球上诞生、并一步步走到今天的，生命究竟是从何而来，等等——这些迷团始终缠绕在我心头，并促使我利用一切机会寻找答案……

再后来，一个奇怪的念头慢慢在我心中成型——我想，假如超空间跃迁技术获得长足发展，那我们是不是可以前往 50 亿年前的太阳系，去寻找地球生命的起源呢？

尽管母亲已经和父亲离婚，但我还是经常与父亲私下联系。在父亲的帮助下，我认识了很多军政界和科研界的重要人物。在我 42 岁时，我已经是一名备受欢迎的工程师，而父亲的心脏却在那年夏天的某一天永远停止了跳动。那天雷雨交加，在父亲的葬礼上，当年我第一次见到重获新生的父亲时的震撼感再次涌上了心头。

父亲去世后不久，我获得了一个绝佳的机会，有幸参与了军方秘密组织的超空间跃迁研究工作，我的课题是跃迁通信系统。但在一次开发试验中，我被炸得满地都是的零件砸到了，重伤昏迷，不省人事。

历史总是惊人的相似，在我醒来后，我发现自己的外形也变得像父亲一样了。

不同的是，在我生活的这个年代，仿生技术已经非常发达，我的外表和常人无异，这让我得以免受别人的歧视。或许，未来会出现更多像我这样的仿生改造人吧！

尽管机械化的身体略显笨重，但在大脑习惯之后，我发现这具像甲虫外壳般的身体相当坚韧，此后每次遭遇实验事故，我都能安然无恙，顶多到维修处进行些相应检查，替换一些零件就又可以重新投入工作了。对于一名机械工程师来说，这不是什么难事。慢慢的，我甚至习惯了这类冒险——我参加过很多危险实验，包括这次。

以人为对象的实验向来十分敏感，高失败率使得志愿者很难在实验中确保安然无恙，这种违背道德伦理的实验从来都是禁区，它只能在暗中秘密进行，就像繁华都市角落旁的肮脏下水道一样。

但是超时空跃迁实验是很难做到秘密进行的，它需要让飞船待在太空中，然后必须耗费大量能源去展开一个直径不小于一千米的虫洞，仅此一点就无法做到完全保密。

于是，我最终参与了一项太空联军准备了长达五年的秘密计划，这项计划的目的是让我可以顺利进行这次超空间跃迁实验。计划伊始，我通过量子局域网与提前物色好的分散在世界各地的相关人才取得了联系。量子局域网是一种特殊的通信技术，它使得改造人之间可以随时进行意识交流。没错，这些秘密人员和我一样都是仿生改造人。这些秘密人员处于各个科研领域，我们在这五年内通过这个特殊的局域网进行过无数次交流。通过秘密联络以及我所提供的虚假内幕消息，我成功骗取了他们的信任，说服他们加入了这个抢夺超空间跃迁飞船的行动……

2132年，我摇身一变成了一名偷渡者，和其他11名对这次实验毫不知情的人一起窃取了飞船。但我并没有依照原计划行事，我将飞船的跃迁参数进行了调整，于是我们最终来到了另一个时空——50亿年前的太阳系。是的，我要追寻自己想知道的事情——人类的起源……

在离开原有时空之前，我向这次实验的军方负责人发送了即时信息，以便尝试接下来的超时空通讯，但在到达50亿年前的太阳系后，我就再也得不到军方的回复——两个时空相距太过遥远，通信实验的失败看来是理所当然了。

不过当前更重要的事情是找到生命诞生的真相——这个人类史上最大的谜团。

可惜祸不单行，在这陌生的星球上，我不幸陷入绝境，沉入了零下50多摄氏度的冰水中。对此我的内心一直很平静，因为我清楚，科学的进步总要有人牺牲的。我在水下依稀看到年轻队员焦急却又无能为力的难过神情……但其实是我对不起他们啊，这些无辜陪我受难的孩子们。

我的意识渐渐丧失，眼前只剩下冰冷与黑暗，我开始想念我的父亲。

不知过了多久，一股暖流从我胸前闯入，随后遍布全身。

我努力睁开眼，发现自己竟然躺在海底，无数根黑色的管线接入我胸前的信息端口，我就像被缠绕在蜘蛛网中间的苍蝇一样难以动弹。

我发现自己似乎多了一个感官，一个像极了处在量子局域网中的感官。

我开始感受到这片荒凉冰原上生命的心跳,令我惊讶的是,它们的心跳声非常地一致。

我还"看到"了乔治号里昏迷不醒的爱德华和正在冰原上艰难行走着的霍文、塔雅一行人。

"我们很可能登陆到83.7光年外的天秤座23星球上了。"我"听到"了杰里维的话语。

"很可惜,你们猜错了,现在的处境远超你们的想象……"我如此想道。

我感觉到身上的能源正在飞快地流失,或许这就是接上它们的"量子局域网"的代价。

时间紧迫,我闭上了双眼,不再去关心爱德华他们。

我接收着这些异星生命交流的海量信息,脑海中慢慢构建出一幅画面,这幅画面关乎它们的过去——这群被制造出来的硅基生命,它们的造物主在向它们传授知识,而它们的造物主也是被一个更远古的造物主制造出来的。一代代算下来,这群异星生命是第42代产物。

步伐一致的它们在执行一个任务,它们要让大自然去创造生命,而不是由它们制造下一代生命。

两颗一大一小的星球出现在画面上,它们之间出现了一条虚拟的运行轨迹，这显示它们将会在不久之后相撞，拥有不同元素的它们最终将在剧烈的碰撞和磨合中组成一颗全新的星球，这颗星球将具有诞生生命的全部基础条件，星球表面的热汤将进行上亿年的反应，分子和原子之间随机的碰撞和脱离，这场悠久的反应过程终将创造一个全新的生命因子，这一代生命的造物主不再是一个生命体，而是——大自然。

没错，这两颗星球便是原始地球和人类科学家们推想的那颗消失的星球——"忒伊亚"。

◆ 5 ◆

蔚蓝的天空中，一片片卷云缓缓蠕动，浅绿色的大月亮在蓝天背景中若隐若现。

利维斯从冰湖中艰难地扑腾了出来。

他快死了，刚刚与"造物主"的链接"通讯"几乎耗尽了他的能源。他的大脑一边将所有信息上传到乔治号上，一边高速运算着：他试图找到可行的方法——他必须将乔治号获取到的这些信息传递给 50 亿年后诞生的人类。

他恍惚地望着天空中的那颗浅绿色星球，透过那朦胧的云层，可以依稀看到星球表面斑驳的陆地和海洋，那些不规则的海岸线组成的巨型图案是如此陌生和诡谲……

忽然，利维斯想到了一个办法，他那双仿生眼随即闪烁出泪光，仿佛正预见到一个十分残忍又震撼的未来……

此时的爱德华一行人正艰难地返回乔治号，那艘飞船是他们生存下来的唯一希望。

而利维斯却要亲手毁掉爱德华等人的希望。

因为在利维斯的推算中，如果爱德华一行人成功逃离这里并繁衍下去，那他们的后代将有可能会改变原有的历史进程。为了避免这一状况的发生，保证地球生命史的循序重演，利维斯就必须抹杀掉爱德华一行人！

经过这番思考后，利维斯将他的最后一道信号指令发送到了乔治号——这艘飞船将会趁爱德华一行人启动飞船时，依照利维斯的指令，用飞船上的AI武器杀死他们……在执行完这项命令后，这艘飞船将启程前往木卫二的南极。这是一颗被称为欧罗巴的冰冻星球，其南极稳定的环境足以使这艘飞船保存完好。

乔治号将会在欧罗巴星球上度过亿万年的漫长时间，等待未来踏上太空的人类去发现它。

"孩子们，我对不起你们……"说完这句话，利维斯缓缓沉入了湖底。

小林村拆迁事件

贫血症引发的轻物质谜团

文 / 刘洋

◆ 1 ◆

我在西南科技大学作完学术报告,正准备从会场离开的时候,突然有人拍了拍我的肩膀,叫住了我。回头一看,是个似曾相识的面孔,可是一时叫不出名字。好在对方先开了口,免去了我的尴尬。

"我是吴新天,还记得我吧?"

一听到这个名字,头脑中立刻回想起了一个瘦高而斯文的小男生形象。那是我的高中同学,那时候常常和他在午间休息时下象棋。两个人棋艺都不怎么样,却总是下得热火朝天,一发而不可收拾。

"哦,哦,是你啊!你怎么来了?"

"我在旁边的分子医学研究所工作。听说你今天到这边做报告,所以就过来找你了。"

攀谈之下,才知道对方现在已经是当地一个颇有名气的主任医师和医学专家了。我隐约记得他高考填报了医学院，只是上大学之后就断了联系。

他招呼我到附近的咖啡店里坐了会儿，聊了聊彼此的近况。然而还不等一杯咖啡喝完，话题就枯竭了，毕竟这么久没见，也想不出什么可以说的。我不是一个话多的人，在这种情况下只好端起杯子，小口小口地喝起咖啡来。

"其实这次找你，还有点儿别的事。"停顿了片刻，他终于重新开口说道。

在学校旁边的医学研究所里，有一间他的实验室。刚进去的时候，能闻到一股很淡的消毒水的味道，不过嗅觉疲劳效应很快就屏蔽掉了这种味道。实验室里很干净，整齐地排列着一堆我不认识的仪器。

"这个是 HERAEUS CRYOFUGE 6000i 型低温离心机，"他指着一个像是洗衣机一样的大箱子说，"我用它来分离血液中的血红蛋白。这个原理……就不用我多说了吧？"

我点了点头。用离心机分离悬浮液中不同密度的物质，这在物理学实验中也是常用的一种方法。虽然我的专业是以理论研究为主，但对一些常见的实验手段还是略知一二。其使用步骤很简单：首先制备出一种密度连续或非连续变化的溶液，将其置于离心管中，然后把待分离的悬浮液也加入试管顶层；接着，通过离心机对试管进行纵向的快速旋转,这样会产生几万个 G 的离心力,把悬浮液中的待分离物质甩到试管中事先准备的分层溶液中;当待分离物质沉降至密度与其相当的溶液区间时,其沉降速度便降为了零,之后它便会停留在这个位置。不同密度的物质会沉降于不同的溶液区间中,这样便可以把它们分开了。

"这是 Percoll 细胞分离液,这是 CPDA 保存液,这是 PBS 缓冲液,这是生理盐水,这是 BC2800 血细胞计数仪……"他唠唠叨叨地挨个指着实验台上的一大堆瓶瓶罐罐介绍着,听得我头都大了。介绍完了之后,他转身面对我,补充道:"这些东西都是标准样品,我反复验证过,都没有问题。"

"所以……是出什么问题了吗?"我揣测着他的言下之意。

"倒也不是什么大问题。只是分离出来的血红蛋白有点儿奇怪。你看,"他拿起一个试管说,"每次我从离心机里取出试管后,这些血红蛋白在分层液中都会稍微上浮一点儿。"

"是不是振荡造成的?"

"不可能。正常情况下,这些分离物会在悬浮液里完全静止不动才对,因为它和周围溶液的比重一样嘛!就算是振荡造成的无序运动,也不可能这么整齐地向着试管上方一侧移动。就这种情形看来,倒像是它们的密度突然减小了一样。"

我盯着试管,沉思了一段时间,突然开口道:"我想,你应该有一些想法了吧?要不然你也不会突然叫我过来。"

"不错,我的想法有些……古怪。我就自己的猜测请教过附近几个大学的物理学教授,他们都斥其荒谬,以为我是哪里冒出来的民科,之后就完全不理会我了。我这才不得已找到你帮忙。"

我以为他接下来该说出他的猜测了,可是他却带着我到了另外一个实验台上。这里放着的仪器我也认识——那是一台原子力显微镜。这种显微镜利用探针和样品表面的原子发生相互作用,使得探针尾端的微悬臂产生偏转,导致发射到微悬臂上的激光束发生偏转,从而取得样本的扫描信息。

"我用显微镜做了一个血红蛋白的扫描图,"他说,"你看看!"

我接过一张黑白的三维立体示意图,看了半天也不得要领。这时候,他突然拍了下脑门,这才又递给我另外一张图,说:"忘了给你这个了——这是正常的血红蛋白。"

我认真地对比了一下,两个图似乎有些地方不一样。

"看出来了吧?第一个图是之前在离心机里分离出来的血红蛋白,你可以发现,它的四级结构有明显的异常。"

其实我不太明白"四级结构"是什么意思,不过我猜那应该是指那些多肽链绕成一团的方式。我没有细究这个问题,而是问道:"这些东西好像和我没什么关系吧?"

他没有理会我的问题,而是再次指着异常的血红蛋白的图片说:"你看,四条多肽链把四个血红素包成一团,构成了一个血红蛋白。可是你发现了没有,四个血红素都分布在了血红蛋白的一侧。"

虽然越发疑惑了,可是我还是点点头,示意他继续说下去。

"我从离心机里得到的所有血红蛋白都具有这种异常的结构。刚开始,我怀疑这是一种基因变异导致的血红蛋白病,像是镰状细胞贫血或者HbC之类的。可是接下来的一个小实验,却彻底改变了我的看法。我用胃蛋白酶把血红蛋白分解成水溶性的氨基酸和血红素,然后加入钙盐煮沸,本想得到只含血红素的胶状颗粒,没曾想,等它从溶液里析出来的时候,我得到了这个东西。"

他带着我来到设备柜旁边,打开柜门,从里面拿出了一个密封的玻璃罐。打开罐子,他用镊子从中夹出了一块颜色暗沉的小颗粒。

"这就是血红素凝聚而成的胶状颗粒。"他说着,然后松开了镊子。

那灰色的颗粒便悬浮在半空中,并缓缓地向上升去。

我愣了片刻,然后下意识地上前检查了那颗灰色的悬浮物上面有没有绳子或者其他支撑物——就像那些第一次看魔术表演的观众一样。

"你……从哪儿得到的那些血液?"再三确认之下,我不得不承认：这东西确实是在无支撑的情况下飘浮在空中的。

"前不久，从一个叫小林村的乡下来了很多奇怪的贫血病患者。这些血液，都是从他们身上抽取出来的。"

小林村？我回忆了一下，脑海里对这个地名没有任何印象。

"怎么样，有点儿意思吧？"吴新天笑着说，"我是不是发现了一个很了不得的东西？"

我皱了皱眉，下意识地向后退了一步。这东西给我带来了一种很不好的感觉。

◆ 2 ◆

小林村的拆迁事宜是高书记一手负责的。在"腾宇集团"的张科长找他商量征地事宜的第一天，他就下定决心一定要把这事办成。夹沟子乡自古以来就是个鸟不拉屎、鸡不生蛋的荒芜之地，而且周围都是山，交通不便，去趟县里得坐十几个小时的班车。这些年来，每次县里和市里评落后乡镇，夹沟子乡准是名列榜首。自从高书记当上乡里的一把手以来，便下定决心要把乡里的经济搞起来。他组织乡、村干部带头集资，在各村召开动员大会，发动群众捐资修路，多方筹措社会资金，好不容易才修好了一条通到县里的水泥路。可是路还没通几天，就遇到地震，山体塌方，把路又堵死了。疏通道路是刻不容缓的大事，可这让因为修路本来就十分紧张的乡财政状况更是捉襟见肘。这几天，高书记正为这一堆糟心事发愁，没曾想却等来了大财神。

据张科长说，腾宇集团在小林村勘探出了高品质的铁矿，准备开山采矿。开采证、营业执照、环评，各种证书都摆在高书记办公桌上，看上去万事俱备，只差征地和村民搬迁了。

"好事啊！"高书记拍了拍胸脯，"这事包我身上了。"

高书记做梦也没想到在自己这一亩三分地下面竟然还埋着宝贝。这下别说修路的钱了，只要这矿厂一开，搞不好连全县的经济指标都得靠着夹沟子乡来完成了。至于拆迁，在高书记看来根本就不是个事。这年头谁不盼着拆迁啊？只要条件谈到位，没有谁愿意当钉子户。在高书记看来，腾宇集团这边给的条件相当好：对征用的农田，全部按市场价双倍补偿，现金，一次性到位，而对于搬迁安置，则是每户都按人头分两到三套不等的农民公寓。公寓就修在离镇子一千米远的地方，高书记去看了，房子修得又宽敞又明亮，连在镇上住的人都羡慕起来了。小林村他去过，那儿的人大部分都住在土垒的泥屋子里，又脏又不安全，在前阵子地震的时候就倒了几间。现在让他们一下子跨入小康，住上这么漂亮的新楼房，只怕连傻子都愿意呢！

高书记在乡党委扩大会议上给拆迁工作组安排好了工作，并强调要一个月内完成拆迁任务。虽然时间很紧，但工作组的同志们还是纷纷表态说一定能克服困难，圆满完成任务。

可是没想到,这拆迁说服的工作,从村里的第一家开始就碰了钉子。这家人看上去老实巴交的,而且明显地对那一笔高昂的拆迁安置费动了心,可是说来说去,最后竟然拒绝了搬迁的要求。问起原因,他们却支支吾吾地不肯说清楚。同样的事情,发生在了之后每一户村民的家中。这些村民似乎事先商量好了似的,不管工作组开出如何优越的条件,就是打死不肯搬。一周过去了,还是没有一户村民在拆迁合同上签字。事情汇报到高书记这里,高书记很不高兴,在对工作组的进展极不满意的同时,也产生了浓浓的疑惑。他决定亲自去村里走一趟。

第二天,高书记和工作小组一起直奔小林村。他决定擒贼先擒王,第一站就来到了村支书家里面。村支书是一个四十多岁的小老汉,见到高书记一行人来了,颇有些不知所措。高书记一进门就直接发难,质问其为何要阻挠乡政府的拆迁政策。

"这可不关我的事啊,"村支书喊冤道,"大家不搬都是有苦衷的。"

"有什么苦衷?说出来,政府帮忙解决嘛!"

"我不是那个意思……其实,大家都是担心月魔的诅咒!"

"你说啥?诅咒?"

"对,诅咒。"

这一问之下,高书记颇有种啼笑皆非的感觉。这都什么年代了,还有封建迷信这么盛行的村子。细问之下,村支书却也说不出个所以然，只说是祖辈相传，这个村的人都被月魔下了诅咒，永世不能离开这个村子。一旦离开，三个月内必死无疑。

"我就不信你们从来没出过村子！"拆迁小组里的一个人突然说道，"前几天我还见你在集市上卖菜。"

"短时间离开没问题。"村支书连忙解释道，"一般情况下，离开村子一个星期甚至个把月都不会有什么问题，只要及时回到村子里就行了。但是不能常年在外面待着。村东头老李家前几年不是考上个高中生吗？老李怎么劝也劝不住，这孩子就是不信邪，坚持要出去读书。结果可好，去县城还不到一个学期就死在学校里了。"

见众人一副不相信的神色，村支书急了，赌咒发誓说这事千真万确，不信可以去别人家里问。

因为出现了这么出乎预料的情况，这天的行程只好就这么草草地结束了。高书记回来后，想了想，找到了乡教育办公室的王主任，让他去查一下小林村前几年是不是有个死在县里高中的小孩。第二天，王主任回来汇报说，确实有这么个小孩，叫李群，上的是县一中，死了之后学校还赔了他家里一万块钱。

"死因是什么呢？"

"据说是重度贫血。"

哦，贫血啊，那就不是什么诅咒了嘛！高书记感觉这应该只是一起巧合的事件，结果被村里人理解为了诅咒。看来，这次的拆迁工作想要顺利进行的话，一定要想个什么办法，先破除大家思想上的顾虑才行。

高书记做事果然是雷厉风行。第二天他就集合小林村村民，让乡里初中的物理老师在村中央的晒谷场上做了个科普讲座。这位物理老师是下乡支教的名牌大学的毕业生，为了这次讲座，他做了精心的准备。在一大群男女老少面前，他拿着扩音器，从东汉王充的《论衡》，讲到西方的布鲁诺和达尔文，说得唾沫横飞，天花乱坠。讲完后，高书记带头鼓掌，一时间掌声雷动。高书记最后表示，为了解除大家的顾虑，在拆迁之前，让大家先去农民公寓里试住三个月。三个月结束以后，愿意留下来的，再实施拆迁，不愿意的，到时候可以再回村子里住。

这么好说歹说，村民们才陆续答应下来，同意搬家去新房子里住一段时间。

高书记琢磨着，由俭入奢易，由奢入俭难。这三个月把新房子住惯了，到时候怎么也不会愿意回去住破土屋了吧。

◆ 3 ◆

"说了半天，你也没进入主题啊！"我埋怨道，"这怎么还连'诅咒'都扯出来了呢？你快说那些血红蛋白是怎么回事吧。"

"快了快了，你别急嘛。"吴新天从桌子上拿起杯子，喝了口水，接着说起了小林村的事。

高书记组织村民入住农民公寓以后，刚开始一切正常，随着日子一天天过去，村民们的紧张情绪也逐渐得到了纾解。可是过了大概半个月，第一起"诅咒"事件的征兆发生了。一名年轻的女性村民突然在大白天出现了晕厥的症状。送到镇子里的中心医院检查后，医生说是中度贫血，不是什么大毛病，应该是由于她前几天的经期出血量过大引起的，只是开了一盒乳酸亚铁和一些补气养血的药就让她出院了。可是病人回家后身体状况并没有好转，而是日益恶化，频繁地出现耳鸣、眼花、胸闷、心悸等症状，到了第三天，连走路的力气都没有了，躺在床上，嘴唇和脸色惨白得吓人。拆迁小组发现情况后，汇报给高书记。高书记一听到"贫血"两个字，就想起了那个死掉的高中生，心里觉得有些不对劲，马上让人把病人送到了县医院治疗。县医院紧急输血后，病人的病情终于有了好转，开始能够从床上坐起来吃饭了。可是几天后，病情再度恶化，在县医院的建议下，病人转院到了省城的第二人民医院。

这起事件发生后，高书记开始让人密切关注剩下村民的身体情况。过了一个多星期，又出现了一起贫血的女性村民。这次高书记直接过问，将她送到了省城，和第一位村民住进了同一家医院。一种不祥的预感萦绕在高书记的心里。果然，这之后，隔三岔五，便有村民出现贫血的症状。刚开始都是女性，过了一个半月，男性村民也开始逐渐发病了。

到第二个月结束的时候，新建的农民公寓里已经人去楼空。有十几位村民因为发病进了医院，剩下的则惊慌地回到了村子里的老家。回到老家的部分村民也一度出现了贫血的症状，可是几天后就神奇地自愈了。而那些住院的村民却恰恰相反：病情不断地反复，只有依靠不断地输血来缓解症状，根本看不到治愈的希望。

"我是在和其他同事聊天的时候知道这些奇怪的贫血病人的。"吴新天终于说到了自己，"说实话，病情看上去并不复杂，就是缺铁性贫血而已。可是病情一直无法好转，我便开始怀疑是病人的造血功能出现了问题。后来，我接手了几个患者，对其做了仔细的检查，奇怪的是，对 RBC，Hb，Ret，MCV，MCH 等项目的检查都没有发现什么异常，反而是发现了卟啉积聚的现象。"

"等等，"我打断了吴新天的话，"不用说得那么仔细，反正我也听不懂。那个……卟啉又是什么？"

"简单地说，那是身体内合成血红蛋白的一种中间产物。从化学本质上来说，血红素就是铁和卟啉的一种化合物。所以，在合成血红蛋白受阻的情况下，便会出现卟啉积聚的情况。为了搞清楚到底是哪里出了问题，我便抽取了几个早期病人的血样进行分离实验，然后……"他用镊子把那块还悬浮在空中的灰色小块夹住，"就发现了这个东西。"

我沉默了片刻，突然问道："那你是怎么想的呢？"

"我作了一个大胆的假设——在这个假设下，所有的疑问都可以得到解答。"

"什么假设？"

"这些病人体内的铁元素，不过和我们，不，和这个世界上通常存在的铁元素不一样。它们不受万有引力的束缚，或者更直接地说，它们是反重力的！"说完这句话，他便定眼看着我，似乎想从我口中得到某种物理学专业上的肯定评价。

我心里咯噔一下，眼睛不由自主地瞟向了那块悬浮的灰色小颗粒。虽然心里下意识地抗拒这种违背了科学常识的假设，可是眼前的事实却阻止了我立刻开口反驳。至少，反重力的假设可以解释为什么从离心机中取出的血红蛋白都会向上移动一截。离心管转动时，物体在其中所处的位置，取决于它的惯性质量，即其中物质的多少，而竖直静置时，其平衡位置则取决于其引力质量。广义相对论认为两者是统一的，在现实生活中我们也将其统一称为物体的质量。而离心管里的物质之所以会上浮，则正是因为其中反重力物质的存在，导致其惯性质量和引力质量不相等所造成的结果。

我没有对他的假设做出质疑或是非判断，而是进一步问道："你怎么知道是铁？"

"这个很容易推断。血红素由五种元素组成，碳、氢、氮、铁、氧,除了铁,其他几种都是身体里的常见元素。如果它们是反重力的,那问题就严重了,很可能整个人都会悬浮在空中,甚至根本就不能组成一个正常运作的身体了。另外,你看看刚才我给你的扫描图像,与正常的血红素相比,病人的血红蛋白中,铁元素位置的周围,有明显更多地肽链缠绕,我估计这正是为了用分子间的范德华力来固定住反重力的铁元素。我们可以推测,在病人体内的细胞里,控制血红蛋白四级结构的基因一定也发生了变异,以便利用这些反重力的铁元素合成有效的、可以为身体输送氧气的蛋白质。这种基因变异一定在很早以前就在他们先祖的身上发生了。这正是他们在外界不能长期生存的原因:他们在外界生活时,从饮食中吸收的铁元素是有重力的,这导致其体内在变异基因的指挥下,血红蛋白反而不能正常地合成了。"

说完这些,他想了想,又补充道:"还有一个证据,可以从侧面证明我这个假设——那就是病人的发病时间。正常情况下,铁元素一旦被吸收入体内,就进入了一个几乎完全封闭的循环。从血浆到幼红细胞,再合成血红蛋白,之后会随着血液在人体内循环约四个月,然后被巨噬细胞吞噬,从血红蛋白中分离出来,再次进入血浆,等待合成新的血红蛋白。所以,人体并不需要从外界补充大量的铁元素。一般来说,人体每天仅会损失一毫克的铁,所以也只需从食物中得到一毫克的补充即可。这就是那些村民可以在外界生存一个月还不出现贫血症状的原因——在那之后,铁元素损失的量才超过了临界值,并且还大量消耗了存储在肝脏等器官里的含铁蛋白，导致体内血红素无法再正常合成。另外，妇女在生理期因为损失了一定的血，所以体内储存的铁元素消耗得更快，这就是为什么早期患者大部分是女性的原因。"

"那你下一步准备怎么办呢？"

"如果我的猜测是对的，那这些人的病当然是治不好的。我已经建议部分村民出院，在家里继续观察情况。我想，只要让他们回到自己的村子里，重新得到反重力的铁元素补充，贫血的症状应该就会逐渐地自动痊愈了。芹菜、菠菜、木耳、黄豆，这些蔬菜都含有大量的铁，我估计村里种出的菜里，反重力的铁元素，一定占了不小的比例。"

"那么，要验证你的猜测就很简单了。"我说着，突然站了起来，"我们马上去小林村一趟！"

◆ 4 ◆

我和吴新天赶到小林村的时候，正看到一群人围在推土机周围，大声争执着什么。推土机面前，有一间破旧的木屋。这木屋并不大，仔细看去，屋檐下还布满了繁复的雕饰，看上去很有些年头了。有村民认出了吴新天，热情地过来和他打招呼。

"吴医生，您来啦！"说话的是位中年妇女。吴新天认出她正是前不久在自己的医院住过院的病人之一。

"看来你身体恢复得不错。"

"是啊，回家没几天就好啦。"

"这是在干嘛呢？"他指着前面的人群问道，"我听说，已经放弃让村民搬迁的计划了，怎么还在这儿拆房子呢？"

"不是拆房子……是拆神庙。"中年妇女一脸神秘地说。

这女人一说起话就停不下来，而且总是在一些无关紧要的细节上纠缠，我和吴新天听了半天，才搞清楚情况是怎么回事。

原来因为村民的大规模住院，搬迁的事情不得不停了下来。虽然不知道这里面到底有什么蹊跷，但高书记感觉这事可不能蛮干，要不然很容易闹出大事来。他和腾宇集团派来的张科长多次商谈，最后敲定，村民可以继续在村子里居住，而矿场的建设事宜也要继续推进。集团的工程师重新进行了几次勘探，把新的开矿口设到了村子的西边——这里的铁矿埋藏深度最浅，开采难度也相对较小。在开矿口的附近，没有民居，只有一间无人居住的破木屋。本以为这次的计划不会有什么问题了，没想到一听说要拆那间木屋，好多村民又不干了。据他们说，这是村里的"月魔庙"，拆不得。

"你们拜的菩萨也真够奇怪的啊，我从来没听说过拜什么月魔的。"听了这么久，吴新天忍不住插话道。

"其实现在的年轻人也没怎么去拜了,都是老人在信。"那女人对吴新天说的话并不生气,她指着那正站在木屋正门前方,挡着推土机的老人说,"那老林头,是村里面最信这些东西的,每天他都会去庙里上香。这也不怪他,他林家祖祖辈辈都是月魔庙的庙祝。破四旧那会儿,这庙里原来的菩萨像都被砸烂了,现在里面的泥像,还是老林头他爹自己塑起来的呢!自从十几年前他爹走了以后,这掌管香火的事就落在了老林头身上。前阵子政府不是动员大家搬去新房子住吗?这老林头可是死活不肯去,说是不能离开这神庙,怕到时候惹得月魔老爷生气呢!"

我凑近了人堆,看到那老林头已经盘腿坐在了庙门口。一位半秃了头的矮胖男子低下身子,正耐心地劝说着老林头什么。老林头听了连连摇头,不为所动。那男子开始有些不耐烦了,沉下脸来,冷冷地说了几句狠话。老林头的情绪也激动了起来,突然大声说道:"高书记,你别劝了。你说我迷信,那我就是迷信。反正这庙就是不能拆!"

高书记僵在了那里,有些下不来台,旁边几个乡里的干部都纷纷指责老林头不讲道理。

"讲道理?好,那我就跟你们好好讲讲道理。"老林头一点儿也没有让步的意思,只见他从旁边的竹筐里拿出了一个小木盒,打开木盒,里面竟然是一本用红布包裹着的书。

我和吴新天挤到了人群的前列,看到那书的封面印着"三牲祭月礼"五个繁体字。书页已经完全变黄了,不过因为保管得很好,并没有出现什么破损。老人翻开书,开始抑扬顿挫地念起了书里的字句。因为书的内容是古文写就的,众人听了也不知所云。不过好在老人念了几句话后,便停下来,重新用白话解释一遍。

"这人还挺有学问的。"有人在旁边说。

"那当然,"有村里的人立刻解释道,"家学好啊——他爷爷可是中过秀才的。"

众人听了一会儿那老人读的内容,发现那书里写的是一个神话般的故事。故事里说,在上古时期,仙界和人界是混在一起的,那时候人和仙都能和睦共处,社会也是一片安定繁荣的景象。过了许多年后,人界出现了一个暴戾的皇帝。据说这个皇帝乃是月魔转世,他训练了一支无敌的铁甲军队,用五年时间就统一了人界。可是,他的野心还没有得到满足,他带领他的军队,开始向仙界进军。于是,一场仙与人之间的大战开始了。战争持续了数十年,虽然最后仙界杀死了皇帝,赢得了战争,可是仙界也因此元气大伤,从此对人界也产生了芥蒂。几年以后,仙界集合了众多法力高强的仙人,施展法术,将仙界和人界强行分开了。两界一旦分开,便迅速地远离,到最后人界再也看不到仙界,而人间也再也没有仙人的存在了。仙界离开的时候,便把月魔的三魂气魄都镇压在了一处绝阴之地,并且留下了大量的仙界灵石,将其封印了起来。

"这个庙,就是当时那个封印的封口所在。"老林头一脸认真地说,"我们林家祖祖辈辈都受命守护这个封印,历朝历代,不管遇到什么大灾大乱都没有中断过。今天你们开这么多大机器进来,恐怕已经惊扰到那个孽障了,我看待会儿还是多上几支香,希望它安生一点儿……"

"说什么鬼话呢!"高书记终于忍不住了,"神神道道的,我看你是精神出问题了。你,你,还有你,给我把他抬开。"

几个人听到吩咐后立刻围到老人身边,抓起了他的手脚,把他抬了起来。老人挣扎不动,只有破口大骂。几人也不理他,只顾将他抬到一旁。接着,那等待已久的推土机终于轰隆隆地开动起来,抬起铲子,对着木屋的柱子轻轻一碰,那屋子顿时轰然倒塌,激起了一片迷眼的沙尘。

◆ 5 ◆

神庙推倒以后,矿场的建设终于正式展开了。我和吴新天每天穿梭在工地上,四处对植被和矿物进行采样。结果非常理想,我们不仅从植被里分离出了反重力的铁,而且还直接在露天的铁矿上采集到了大量含有反重力铁的矿物化合物。这些铁元素除了在万有引力这方面很特别外,在电磁力和其他方面与正常的铁元素别无二致。我用电解法制取了部分反重力的铁单质,测量了它们受到的反向重力。有趣的是,它们的反重力大小似乎并不与同样质量的铁相同。一百克的反重力铁单质（虽然不能直接用天平称量其质量，我仍然可以通过测量其惯性大小来得到其质量），其竖直向上的反向重力大小约为11N。

这几天，我也建构了一些初步的理论模型来描述这些反常的现象。如果把正常的物质称为"重物质"，那么这些反重力物质不妨称为"轻物质"。重物质和轻物质在各自的同类物质之间都具有万有引力，但是两种物质彼此间具有类似万有引力的一种斥力。而且，这种斥力还不是与距离的二次方成反比的，这一点从这种特殊的铁的反重力与正常重力大小相差甚大就可以推测出来。

这个理论至少可以定性地解释如下问题：为什么人类在这之前从来没有发现过轻物质，或者说轻物质在地球上为什么如此稀少？

可能在地球形成的早期，重物质和轻物质还彼此结合在一起，连接它们的是电磁力。通常情况下，电磁力比万有引力强很多，比如，一个重物质的钠原子和一个轻物质的氯原子，是可以通过化学键形成氯化钠的，它们之间的斥力远远不足以将其分开。那时候，虽然轻重物质并存，可是总体而言，重物质还是远超过了轻物质的量。于是，随着地球的自转，那些由重物质和轻物质混合而成的物质，因为不能借助万有引力吸附在地球上，逐渐被甩出了地球轨道，进而慢慢脱离了地球的引力范围。剩下来的，绝大部分便都是重物质了，只有很少量的轻物质零散地存留于地表之下，因为被重物质所组成的地壳覆盖而得以保留。

可是我对于这个解释还是不太满意。因为我做了几次计算，仅凭地球的自转，似乎没办法把轻物质如此干净地从地球上分离开，除非加入一次剧烈的振荡过程。我在常微分方程组中加入了一个表示振荡的项，根据分离的彻底程度，可以自洽地求出那一项的值。我用数值的方法求解这个方程组，最后得出的值非常大。我查阅了一些资料，仅凭天然的火山或者地震等地质活动，是远远不能拟合出如此大的振荡项的。不知道为什么，我突然想起了那天林老头讲过的神话故事，那其中或许隐藏着某种程度上的真相。

有一天，我正忙于对这些铁元素做一些常规物理性质的检测，吴新天突然把我叫到了工地，说是施工队在地下发现了一些很特别的东西。我们挤进人群，发现在矿床的掘进口里面，出现了一整块似乎是陶片的东西。陶片很大，而且很完整，在发掘口四周延伸下去，不知道其边界到底在哪。把土清掉后，陶片露出了它纯白的底色，上面密密麻麻地烙印着许多花纹。仔细看去，在那些花纹之中似乎有某种规律，感觉像是某种未知的文字。

那看似陶片的东西非常坚硬，斧头锤子都打不破。施工一时陷入了停滞。几个技术员蹲在陶片上商量着什么，围观的村民也渐渐多了起来。

我问吴新天这几天都在忙些什么，他说他正在研究不同植物体内的反重力铁元素的富集情况。我问他有什么收获吗，他想了想,说他发现了一个规律:"直根系植物体内反重力铁元素的所占比例,普遍比须根系植物更高。说明在地下越深的地方,反重力铁元素的比例越高。我怀疑在这地下面,很可能会有大规模的反重力铁矿。"

"不可能。"我下意识地否定说,"在这么浅层的地表,是不可能存在大规模反重力铁矿的。即使它们和别的元素形成化合物,其反重力特征也会使得它们不能长久停留在地表。如果说地球上还有大量的反重力物质的话,它们也只能存在于地壳层下甚至更深层的地方才能稳定存在。"

"如果,有某种东西压住了它们呢?"他犹豫了片刻说,"就像用一个锅盖封住了高压蒸汽。"他说完,便转过身子,继续看向了那块陶片。我愣了一下,马上意识到他指的是什么,开始认真思考起是否有这种可能性。

这时候,人群里发出了一阵喧哗声。挤过去一看,原来是林老头不知什么时候跑了过来,还跳进了掘进口处的大洞里,一屁股坐在了那刚刚清理出来的陶片上。他右手拿着一个塑料瓶,冲着旁边的施工队大声喊道:"赶紧出去!这东西就是那个封印,千万碰不得!"几个工人不听,正要上前把他拉开,他突然把那塑料瓶的盖子打开,把瓶口放在嘴边,厉声说:"这是敌敌畏,你们再过来我就一口喝下去!"这一招顿时生效,大家都不敢上前去拉他了。马上有人出去向领导汇报,没过多久,高书记就亲自赶了过来,动之以情、晓之以理地劝了好一会儿,可是一点儿都不管用,那老林头脾气非常倔,非要让施工队停止施工才肯罢休。到最后,高书记也怒了,拉过几个人,吩咐说:"你们待会儿冲过去,直接把他按住拉走。如果他喝了敌敌畏,就马上送到卫生院去洗胃。放心,一时半会儿是死不了的。"几个人都点头答应,过了几分钟,趁着老林头稍微松懈的时候,几个人一拥而上,一下子把他按倒在地上,把他手里拿的塑料瓶也一脚踢到了一旁。有人捡起瓶子一闻,笑了,说:"什么味儿都没有,就是矿泉水!"大家都跟着哈哈大笑了起来。

可是老林头却突然哭了起来。我从来没有见过一个老人能哭得这么凄惨,这么伤心。那哭声低哑而绵长,让人听了心里直发麻。

老林头被拉走了,几个技术员也商量出了解决方案。他们决定进行爆破作业。开矿本来就需要用到大量的炸药,很快,就有大堆炸药集中在了陶片上方。人群都被疏散开来。我和吴新天来到了一千米外的一个小山丘上,远远地眺望着掘进口。过了十几分钟,一阵猛烈的轰响传来,掘进口的坑洞上方冒出了一股黑烟。

"这么猛,应该炸开了吧?"吴新天喃喃地说。

就在这时,一股低沉的鸣响突然从地下传来,地面开始晃动,幅度越来越大,吴新天被晃倒在地上,我则赶紧抱住了身边的一颗柏树,这才勉强站稳。而在爆破口那地方,地面却开始缓缓向上凸起,越来越高,影响范围也越来越大,像是有一座大山正突兀地从地下升起一样。

"赶紧走。"我一把拉起还瘫在地上的吴新天,一边催促着他向外面跑去。

"怎么回事?"他还有些搞不清状况。

"锅盖破啦!"我一边跑,一边大声吼道。

脚下的地面开始慢慢变得倾斜。我没有回头,只顾着向前飞奔。在连绵不断的轰响声中,我可以清晰地感觉到,在我身后,一个庞然大物正从地下喷薄而出。

◆ 6 ◆

四十年来,我时常扪心自问,如果当时我阻止了那次爆破,事情会怎么样?

大概一切都会不一样吧。至少不会比现在更糟。

在之后的报道中,那件事通常被称作"小林村事件"。记者们在幸存者的口耳相传中,一点一点地复原了当时事情的大概情况。那时候,巨量的反重力铁矿从地下涌出,开始时还比较缓慢,到后来却越来越快,简直像喷泉一般。在一个直径五千米的大裂口中,矿物伴随着泥沙腾空而起。整个喷射过程持续了三天三夜,这期间,本省和周边的几个省份多次发生六级以上地震。事发一小时后,关于这件事的一些只言片语就在网络上流传开来,刚开始信者寥寥,但随着越来越多的视频和图片发上网,其造成的震撼效应便迅速扩大了。事发第二天,南方日报第一个对事件进行了专题报道,之后,越来越多的记者从世界各地赶来,或在远处作连线报道,或乘坐直升机冒险靠近,以便取得更震撼的现场录像。当然,官方也做出了反应,派出部队到现场救助灾民,也调派了大量的帐篷和医疗物资。

然而,在很长一段时间里,对于这件奇特的灾难本身,不管是官方还是民间媒体,都无法给出一个令人满意的解释。我根据之前在小林村的研究结果,写出了一篇关于"轻物质"的论文,投给了《科学》杂志。杂志编辑很快把文章交给了三个评审人,其中两个评审"严重质疑"文章的结论,导致文章最后没能发表。我只好修改了文章的结构,淡化了我所建立的模型,重点放在实验数据的处理上,然后投给了美国物理协会旗下的《物理评论快报:L》。这次文章倒是很顺利的发表了,因为在这期间,已经有大量的国外研究机构对喷射物质的样本进行了研究,结论和我大同小异。

最终这些喷射物还是被命名为"轻物质"(Light Matter)。根据欧洲地球物理学会做出的估计,此次喷射出的轻物质总量达 3 千亿亿吨,大约为月球质量的一半。

可是疑惑并没有因此解开。科学家们至今仍然想不通,那一层薄薄的"陶片"是如何把这么多的轻物质铁矿压在地下的,而且是在这么表层的地方。我也曾经拿到过一两块陶片的碎片进行研究,却一无所获。我们只知道,陶片是由无数层单原子超晶格结构组成,在层间有规律地分布着许多稀土元素的杂质和缺陷。这些杂质和缺陷似乎对于整个陶片的结构和性质有着重要的调节作用,但是其中的机理我们却无从得知。

喷射出的轻物质先是在离地面十万千米的轨道上凝结在了一起,这期间,不断有"重物质"从它上面掉落,其离地高度也越来越高。大概在一个月后,这个大部分是由轻物质构成的新天体已经在地球的斥力作用下,越过了火星轨道。之后十年,它的轨迹开始偏离黄道平面,在冥王星附近的天文望远镜观测得到的数据显示,它最后是沿着一条与黄道平面成约四十度的斜线,缓缓地离开了太阳系。

然而,它留下的创伤却深刻地影响了地球环境和人类社会。

其最大的影响是,地球重力场的分布发生了显著的变化。之前,虽然地球重力场受到自转和自身密度分布的影响,具有一定的涨落,但总体而言,其分布仍然是相当均衡的。但小林村事件之后,根据专用重力测量卫星 GRACE 的测量结果,在事发地周围,出现了一个明显高于地球平均重力场的区域,偏离幅度达 20% 以上。也就是说,在该区域,重力加速度 g 的值约为 12m/s^2。重力场的异常变化也影响了附近的大气压分布和大气循环,洋流的走向和地壳的运动也因其而发生了显著的变化。

这事儿甚至还波及了月球。因为地球重力场的异常变化，同所有的卫星一样，月球的轨道也受到了摄动。它开始在轨道上起伏和振荡，其总的机械能亦逐渐耗散着。事发一年之后，大部分人造卫星的轨道都发生了显著的变化，有些甚至已经坠入了大气层，在与大气的摩擦中化为了灰烬。不过月球毕竟是太阳系中排名第五的大卫星，其庞大的质量也保证了它运行轨道的稳定性。在事发之后数十年中，关于月球轨道是否会发生显著改变，一直是一个极富争议性的问题。很多著名实验室的天文望远镜都对准了月球，盯着它的一举一动。随着时间的推移，人们发现，月球轨道的偏心率的确在缓慢增大，其近地点越来越靠近地球表面。潮汐力的增强让地球上的潮水愈发汹涌，而月球本身也开始被巨大的潮汐力所撕裂。先是在月面上观察到巨大的裂纹，然后这些裂纹慢慢张开，变成了肉眼可见的缝隙。在满月的夜晚，月亮上的伤痕看起来尤为明显。

早已经有人列出了月球的摄动方程，计算了其轨道在之后的变化情况。数值模拟的结果也慢慢多了起来。所有的研究结论都指出，随着月球近日点越来越靠近地球，总有一天，它会进入地球的洛希极限之内，被撕裂成数十块大大小小的碎片，然后再撞向地面。而这个时间点，大概在一万两千年之后。

这个结果并没有在社会上引发大规模的恐慌，相反，它让大部分人都松了一口气。一万两千年在宇宙演化史上可以说是一瞬间，但是对于人类来说，它却是那么遥不可及的未来。

◆ 7 ◆

在大学退休后,我养成了赏月的习惯。每到月圆时分,我都会独自一人来到阳台,躺在竹椅上,就着天上那伤痕累累的月亮,喝几口小酒。酒一入喉,便化作一股热流,窜遍了全身,让我在清冷的月光下又感到了温暖。在我醉眼迷离之际,总是会想起当初在小林村的那些往事。

"封印一开,月魔可就出来啦!"

老林头的这句话我一直忘不了。

事发多年以后,我再次在报纸上见到他的名字。这时候,他已经成了一个神秘教派的精神领袖。我忘了它是叫"月魔教"还是什么别的名字,其教义基本上就是一些道教和佛教典籍的混合体。刚开始它没什么信徒,只是一直不声不响地存在着。但是在五年前,老林头突然对外宣称,月球马上就会四分五裂,并且坠落在地球上。科学界觉得这件事不值一驳,因为根据计算,至少要一万年以后月球才会出现分裂的迹象。很快就有媒体发表评论,称这种观点是"杞人忧天"。一度有警察介入,并以"传谣"的名义将老林头拘留了十几天。

然而,事情的发展让所有人都跌破了眼镜。四年前,一位天文爱好者指出，月球上的裂纹有加速扩大的趋势。这个结果很快就得到了众多天文观测的证实，可是它却让理论研究者们陷入了疑惑，因为这完全违背了科学常理。构成月球的巨量物质，在万有引力之下结合在一起，怎么会因为如此微弱的潮汐力而裂解呢？科学家们提出了各种理论来解释这些巨大裂纹的产生原因，但就是不相信月球真的会裂开。

直到三年前，一块约为月球体积十二分之一的碎片，突然与月球脱离，并且以极近的距离，掠过了地球。

这时，科学家们才不得不承认，在这场与科学界的战斗中，老林头又赢了。

从那以后，老林头身边的信徒数量便开始呈指数级增长了。他变成了一个真正的公众人物，在各种电视台和新媒体中频繁出现。越来越多的人对科学失去信心，转而聚集在这位神秘老人的身边。

科学家们在一年后终于找到了问题所在。他们从月球的裂纹中发现了"轻物质"存在的证据。原来在月球内部，也大量存在着这些反常物质——正是因为它们的存在，才导致月球的凝聚力大为减弱。在考虑了这些轻物质的影响后，科学家们做出了一个令世人震惊的结论：有一块月球碎片在十年内就将坠落在地球上。

没有人知道该如何避免这场迫在眉睫的危机。

有一天,吴新天突然找到我,希望我可以发表一些支持该教派的言论。我这才惊讶的发现,原来在我毫无察觉的情况下,竟然有很多原来在科学共同体之中的人,也成了这个教派的信徒。我满怀疑惑地问他,为什么会加入其中?

"为了消解傲慢。"

"什么意思?"

"你还没有觉悟吗?在整个现代化的过程里,人类已经逐渐失去了谦卑和敬畏,变得无比傲慢而自大。我们在历史面前的傲慢,让我们毫不吝惜地拆毁了一座又一座古迹,扯掉青砖上的古老藤蔓,让它们枯死在混凝土的高墙下。我们借助科学,建立起对自然和经验的傲慢。我们以为一切都已囊括于科学的框架之下,可是现在才发现并非如此。"

"可是……你真的相信老林头说的那一套能拯救世界?"

"那并非是他的一己私言。在《三牲祭月礼》一书中,早已记载了应对这种灾变的处置之法。"

他从背包里取出那本古籍的复印本,翻到其中一页,对我一句一句地解释着。我静静地聆听着,不发一语。

版权专有　侵权必究

图书在版编目（CIP）数据

亿万宇宙 / 刘慈欣等著 . —北京：北京理工大学出版社，2022.3（2024.4重印）
（科幻硬阅读 . 星空的召唤）
ISBN 978-7-5763-0891-4

Ⅰ．①亿… Ⅱ．①刘… Ⅲ．①幻想小说－小说集－中国－当代 Ⅳ．① I247.7

中国版本图书馆 CIP 数据核字（2022）第 015427 号

出版发行 / 北京理工大学出版社有限责任公司
社　　址 / 北京市海淀区中关村南大街 5 号
邮　　编 / 100081
电　　话 /（010）68914775（总编室）
　　　　　（010）82562903（教材售后服务热线）
　　　　　（010）68944723（其他图书服务热线）
网　　址 / http://www.bitpress.com.cn
经　　销 / 全国各地新华书店
印　　刷 / 三河市华骏印务包装有限公司
开　　本 / 880 毫米 ×1230 毫米　1/32
印　　张 / 10　　　　　　　　　　　　　责任编辑 / 高　坤
字　　数 / 185 千字　　　　　　　　　　文案编辑 / 高　坤
版　　次 / 2022 年 3 月第 1 版　2024 年 4 月第 6 次印刷　责任校对 / 刘亚男
定　　价 / 44.80 元　　　　　　　　　　责任印制 / 施胜娟

图书出现印刷质量问题，请拨打售后服务热线，本社负责调换科幻不是目的,思考才是根本。
我们每个人都是星辰,都有思考与创造的天赋。
特别鸣谢:科幻锐创意·硬阅读、零重力科幻,鼎力支持。
喜欢科幻的书友请加QQ一群:168229942,QQ二群:26926067。